Ese Pervertido y Yo

Perla Gizem

DEDICATORIA

*A esos pervertidos de la lectura que
disfrutan cada viaje a mundos inimaginables.*

CONTENIDO

RECONOCIMIENTOS

A mis seres queridos que me apoyan en cada proyecto y a
los lectores, que no permiten que el amor por
los libros muera.

1. EN UN CALLEJÓN

En todos sus años fantaseando sobre encuentros de una noche, posiciones sexuales poco comunes y galanes misteriosos que al final de la cita revelaban ser príncipes de una monarquía extinta, Esther nunca se había encontrado con algo similar. Llevaba más de 20 minutos sentada frente a la pantalla de su computador, con los dedos reposando sobre las teclas sin ser capaz de moverlos. La sala de estar ya era suficientemente pequeña en un apartamento pequeño, pero parecía cerrarse sobre ella. No había escrito nada en al menos dos semanas y el público de su blog online "Vixen" esperaba ansioso por leer sobre su próxima fantasía sexual. Cada vez se publicaban más comentarios que clamaban por una nueva aventura de Marilyn, y algunos empezaban a preguntar si el blog "estaba muerto". ¿De dónde venía el bloqueo de Esther? ¿Por qué no era capaz de sentirse como Marilyn nuevamente?

Esther tomó la pelota de goma rosada que estrujaba en su mano cuando se sentía bloqueada, y empezó a liberar la tensión. La razón ya la conocía, pero rechazaba la idea de que un hombre inculto, de proporciones liliputienses y de aspecto desagradable tuviera un efecto en ella. Y cuando decía aspecto desagradable, no mentía. Aunque otros pudieran encontrarle un encanto, Esther se sentía ante la definición contraria de Lady Godiva. Entonces ¿cómo había conseguido un hombre como ése frustrar sus aspiraciones de convertirse en la mejor escritora de Vixen?

«A Marilyn no le hubiera ocurrido esto», pensaba Esther. Antes de que este nuevo extraño llegara a su vida, Marilyn era la única en la que pensaba. Esta persona, el seudónimo de su blog, era quien vivía las fantasías que ella recreaba. Aunque Esther no era virgen, tampoco había tenido suficientes experiencias (al menos, no que valieran la pena) sobre las que escribir, pero tenía un personaje y tenía una gran imaginación. Marilyn era un bombón de cabello dorado, con la cabeza siempre en alto y la seducción en toda su gracia. Era la clase de mujer que verías en una película de Bond. Esther, por otro lado, se sentía un poco vacía para la edad que tenía. Era joven y hermosa, pero era la clase de belleza que no todos los hombres saben apreciar. Sí, tenía un cuerpo deseable capaz de cautivar a cualquier hombre, pero se había desarrollado después de que el bachillerato arruinara su autoestima. Por ello, era una mujer tímida que se refugiaba en los libros y que, aunque daba un aspecto de mujer frígida, por dentro era Marilyn. Al menos, eso es lo que ella creía. Sus pocos encuentros sexuales habían sido bochornosos comparados con las aventuras de su seudónimo. Donde Marilyn había vivido de una fuente de placer fantástica, Esther sólo había estado con unos pocos hombres, de los cuales uno había sido un tacaño que obligaba a su pareja a pagar la cena, otro un galán casi perfecto que terminó diciendo "esto nunca me había pasado", y el tercero ni se había molestado a venir a la cita.

En 24 años, había conocido las decepciones del amor en

varias facetas de su vida; con los estudiantes inexpertos del bachillerato, los snobs de su vecindad de clase alta y en sus breves años en la carrera de Letras, antes de abandonarla por sentir que no era lo suyo. Esther había llegado a un alto en su vida sexual, y ella lo había aceptado. No necesitaba vivirlo teniendo a Marilyn. Y luego llegó este homúnculo a confundir todos sus pensamientos. ¿Quién había sido aquel extraño?

Esther reclinó su asiento hacia atrás, ignorando el sonido de su computador que indicaba nuevas notificaciones en su blog, e intentó recrear la escena en su mente. Recordaba haber estado en Gideon's, el bar de la esquina. El lugar era pequeño y acogedor, con la clase de clientela recurrente que daba lugar para pocos extraños. Una barra, cuatro mesas y una muchos carteles sobre autos de los años 50. Recordaba haber acompañado a Cindy en esa ocasión. Ambas tenían trajes un poco reveladores, aunque Esther se avergonzaba de ello. Su compañera de cuarto le había prestado un vestido rojo, de esos que tienen un cierre en la espalda y una gran exposición en las piernas y en el busto. "Muy sexy para mí, pero no estaría mal que Marilyn vistiera uno de estos". A pesar de que no se sentía cómoda, le era más fácil estando en compañía. Tal vez era por eso que había aceptado usar el vestido rojo de Cindy. Sin embargo, su compañera de cuarto era mucho más atractiva que ella y ya estaba acostumbrada a que fuera quien se llevara la atención de los demás caballeros. En esta particular ocasión, Cindy la había dejado en la barra para beber con dos hombres. «Eso fue muy inusual por parte de Cindy», pensó Esther, no porque se había ido a explorar su libertad sexual con dos personas a la vez (lo cual ocurría a menudo con ella), sino porque la había dejado sola en la barra. Ella nunca hacía eso, o al menos no lo hacía sin intentar primero que Esther se les uniera. «Debe de haberse hartado de intentar que ligue con alguien», pensó Esther, con un suspiro que no sabía si era de alivio o melancolía.

Esa noche la había pasado pidiendo más de un trago y tomando más rápido de lo normal, y como si fuera un genio de una lámpara mágica, aquel hombre apareció a su lado, la invitó un trago que ella no pudo recordar e inició una conversación amistosa. Esther había estado antes con hombres que no fueran su tipo, físicamente hablando, pero siempre habían sido interesantes. Durante la conversación, se dio cuenta de que se trataba de un hombre retraído y tímido como ella, pero no una persona interesante. Sus temas de conversación tenían la profundidad de un charco y no parecía que intentara seducirla. Esther recordaba haber pensado que ella no estaba allí para quitarle la soledad a alguien, sino para que se la quitaran a ella. ¿Y al menos tenía un cuerpo de gimnasio? Esther no podía recordarlo. Ni siquiera su rostro, y es que debió de haber sido un sujeto sin importancia. Olvidaba qué palabras había dicho para despedirse, pero tenía la imagen fija en su mente de aquel extraño asintiendo, levantándose de su taburete y caminando hacia la salida. Un par de minutos después, Esther también había salido del establecimiento y había cruzado la calle. Aun sabiendo que su auto estaba en otra avenida, se había acercado hasta el callejón que tenía en su mente y allí se encontró con el extraño. Éste le hacía señas para que viniera.

No sabía por qué había cruzado la calle, no sabía por qué se había metido en un callejón con el extraño y no sabía por qué lo besaba tan apasionadamente. Las manos del hombre habían ido directo a apretar el culo de Esther, y aunque ella habría pensado que se trataba de falta de tacto, empezó a disfrutarlo cuando sintió una de las manos pasar de una nalga a su espalda lentamente y con una fuerza que no esperaba de aquel enano. Los besos también se movieron, pasando primero por el cuello de Esther. Ella no podía controlarse y sentía que era ella quien presionaba su cuerpo contra el de él, como si se tratara de un instinto primal, y frotaba sus cuerpos juntos. Desató sus cabellos marrones y dejó que estos cayeran sobre sus hombros, dándole un aspecto salvaje y lujurioso. Los besos se habían detenido para dar espacio a una lengua, que se deslizaba por todo el largo del cuello de Esther y que lentamente iba haciéndose camino hacia abajo. Al mismo tiempo, una mano había bajado el cierre de su vestido. Al escuchar el sonido de su vestido cayendo al suelo, ella había levantado una pierna sin poder evitarlo. Se sentía asustada y excitada a la vez por estar completamente desnuda en un callejón, por explorar una experiencia sexual que era tan atípica para ella, pero la lengua del extraño continuaba su camino y hacía que sus preocupaciones se disiparan en la oscuridad de la noche. Se había saltado el busto y había llegado hasta la ropa interior. Aquella lentitud acabó cuando bruscamente volteó a Esther contra la pared y con esa misma violencia, le bajó las bragas. Ella cerró los ojos y recostó todo su cuerpo contra la pared, esperando la misma fuerza aplicada en su vagina, pero entonces, para su sorpresa, el hombre había empezado a besarla gentilmente allá abajo. Primero, pasó su lengua por su sexo y pudo usarla con mayor precisión en sus labios de abajo que en sus labios de arriba. Había sentido como se volvía fina y delgada, y luego ancha cuando la lamía. Su roja carne la humedecía lentamente. Esther se había mordido el labio y luego había pasado una mano por los rizos de su cabello. Dejándose llevar por un suspiro, agarró los rulos y empujó la cabeza de su acompañante contra su sexo. El hombre entendió la señal y procedió a darle varias lamidas cortas y rápidas. Se adentraba con su boca como ningún hombre lo había hecho antes. Pasaba la punta de su lengua por el clítoris, de arriba abajo y de abajo hacia arriba, y repetía otra vez. De vez en cuando, se apartaba y usaba sus dedos para masturbarla justo como a ella le gustaba. Usaba el índice y el meñique para apartar los labios, y el resto de sus dedos se movían por todo el área en una moción circular, de tanto en tanto rozando un clítoris muy excitado. Las piernas de Esther le habían empezado a temblar. «Dios, ¿cómo puede ser tan bueno? ¿Cómo sabe lo que quiero en cada momento? Es como si pudiera leerme la mente», pensó.

Con un gemido, Esther tiró de los rizos del extraño, tomó

uno de sus brazos e hizo una moción de levantarlo. El extraño la obedeció y pasó una mano por donde había estado su boca. Esther se puso de rodillas, lista para la próxima posición a la que estaba acostumbrada en sus rutinas sexuales, pero entonces, el hombre se inclinó para besarla con fuerza pero gentilmente a la vez y pasó una mano por su cabello. Esther estaba confundida por aquel oasis de romance en medio del torbellino sexual, y lo que la dejó aún más confusa fue que, después de aquel beso, el hombre se fue. No se despidió y no quiso sexo oral a pesar de que ella estaba más que dispuesta a hacerlo. ¿Qué clase de hombre rechaza una mamada?

Esther sintió un líquido recorriendo sus piernas. Había vuelto a pasar, había recreado la escena desde sus recuerdos, y mientras disfrutaba del caos de la mente sexual en el pasado, se había estado masturbando en el presente. Se sentía esclava de sus memorias y de ese momento preciso. Aquel hombre había llegado, la había complacido y se había ido, pero sin embargo, ella sentía que había perdido de alguna forma. No era porque no hubiera acabado; al menos, no se sentía así. ¿Habría sido por la forma en que la dejó queriendo más?

El sonido de pasos fuera de su apartamento y las llaves moviéndose en la cerradura la alertaron. Cindy entró a la sala, dejó sus llaves en la mesa, y se dejó caer sobre el sofá azul. Después de un par de segundos, dejó escapar un bufido de cansancio. Esther asumió que era por la hora en que regresaba de su ejercicio diario, además de que el sudor en sus *leggins* negros y su top verde la delataban.

—¿Día duro? —preguntó Esther, con la vista aún enfocada en la pantalla de su computador. No quería voltearse y que Cindy supiera que se había estado masturbando, pues una mancha en su pantalón la incriminaba.

—Más de lo que te imaginas —contestó Cindy. Se inclinó sobre el sofá y estiró sus brazos para poder observarlos—. Estoy hecha un asco, sudo como una cerda.

—Eso es lo que te hace el ejercicio —contestó Esther.

Empezó a abrir y a cerrar páginas y a simular que escribía algo en Word, pero sólo hacía tiempo para que Cindy se fuera a dar una ducha para que ella pudiera correr a su dormitorio a cambiarse. Sin embargo, su compañera de cuarto seguía recostada sobre el sofá, con los brazos extendidos, intentando recuperar un aire que debía de haber recuperado hace tiempo. Esther pensó que sólo quería conversar un poco con ella. «No sé cuál me tocará esta vez —pensó—, si la Cindy casamentera o la Cindy llena de lástima».

—Deberías venir un día conmigo, Esther —dijo Cindy—. Pasas todo el día trabajando frente a la computadora. Además, hay algunos chicos que hacen ejercicio al aire libre y que son un deleite visual.

Cindy dejó escapar una de sus risas coquetas. Esther no contestó pero pensó: «La Cindy llena de lástima».

—Y si alguno de ellos se pone insoportable, recuerda que estás trotando, siempre puedes huir a pie

—Lo haces sonar como un safari. Además, no necesito conocer a nadie más.

Con una mirada pícara, Cindy se levantó del sofá y se acercó a Esther. Puso sus manos sobre los hombros de su amiga y enseguida Esther empezó a sentirse nerviosa. Pensó que la había descubierto y las reacciones que imaginaba no eran del todo de su agrado. Intentó no voltear la cabeza cuando sintió la de Cindy a su lado.

—Has estado pensando en el extraño del bar, ¿no es así?

Esther intentó contestar, pero no pudo. Tal vez dijo algo, pero no fueron más que balbuceos. Su compañera de cuarto no sabía nada de lo ocurrido aquella noche, pues lo normal entre ellas era que no se intercambiaran las historias de sus conquistas. Sin embargo, Cindy la había visto salir del bar aquella noche, y aunque se había encargado de incomodarla durante la semana con aquella observación, nunca había pasado de ahí. Cindy soltó una segunda risa coqueta, se apoyó en los hombros de Esther y luego la dejó frente al computador para irse a la cocina.

—Supongo que tú no necesitas ayuda después de todo, aunque jamás hubiera imaginado que ése fuera tu tipo.

—No lo es —contestó Esther de forma cortante.

—No, claro que no. —Aunque Cindy estaba en la cocina y

Esther no podía verla, imaginó una de sus sonrisas sugestivas mientras decía eso—. Aunque eso no te detuvo de traerlo hasta el apartamento, ¿o lo hicieron en el suyo?

—¡No! —gritó Esther, y enseguida se arrepintió de hacerlo. La cabeza de Cindy apareció desde un lado de la cocina, observándola detenidamente. Esther hizo como si tosiera y volvió su rostro hacia la computadora—. No fuimos a ningún apartamento.

—Pero sí fueron a algún lugar, ¿no es así? —Cindy regresó a la cocina. Se escuchó el sonido del refrigerador abrirse y cerrarse y luego el del agua siendo vertida sobre un vaso— Esther Pisiani, no puedes engañarme.

—Nosotros… fuimos a un callejón…

—¿Y…?

—Pues, eso fue lo extraño.

Cindy salió de la cocina y se sentó de nuevo en el sofa. Esta vez, tenía un vaso de agua en una mano.

—Cuéntame.

Esther se apartó de la computadora y se volteó hacia Cindy, olvidando por completo la mancha que tenía en su pantalón. Al darse cuenta de que se había volteado hacia ella, intentó posar sus manos de forma natural sobre la evidencia. Su compañera de cuarto parecía no haberse dado cuenta y seguía mirándola fijamente. Esther soltó un suspiro de alivio, que Cindy tomó como una señal de incomodidad que ignoró.

—Fuimos a un callejón, me quitó el vestido por completo y empezó a usar su boca conmigo.

—Por favor, querida, sé más específica. ¿Qué callejón? ¿Cómo usó su boca? ¿Y en serio te quitó el vestido por completo? ¡De haberlo sabido, lo hubiera lavado antes! —Cindy tomó un trago de agua

—. Para ser escritora, siempre quedas corta con tus palabras.

En todo el tiempo en que Esther relataba su historia, no dejaba de observar el suelo. Se sentía un poco incómoda hablando de esto con Cindy, pero confiaba en ella a pesar de sus comentarios atrevidos. Ella mantuvo una mano sobre la mancha de su pantalón mientras que posaba la otra en forma de puño sobre su boca.

—Fue en el callejón frente al bar, y sí, no tenía que quitarme el vestido por completo, pero así lo hizo, y cuando digo que usó su boca… pues, la usó allá abajo.

—¡Esther Pisiani! ¡Mírate nada más! —exclamó Cindy, soltando risas y aplaudiendo— Jamás lo hubiera imaginado de ti.

—¡Lo sé! ¡Yo no soy así, Cindy! ¡No soy esa clase de chica! ¡Y él no era mi tipo, no había nada que me atrajera de él!

—¿Y qué pasó después?

—Ésa es la cosa… no sucedió nada. Me dejé llevar por el momento, me dio el mejor sexo oral de mi vida y luego… se fue.

—¿De veras?

—Sí. Me dio un beso en la frente y luego se fue.

—¿Sin sexo?

—Sin sexo.

—¿Ni siquiera una mamada?

—¡Cindy!

Su compañera de cuarto se levantó de su asiento entre risas e hizo una mueca de disculpa que no sentía al ver el ceño fruncido de su amiga.

—Suena como una historia poco creíble, en especial viniendo de la famosa escritora de fantasías sexuales. ¿Estás segura de que no estás pasando mucho tiempo frente a la computadora?

—Eres incorregible —contestó Esther, y una vez más se volteó hacia la pantalla—, no sé para qué te cuento esto.

Después de decir eso, se quedó un silencio, en el que Esther volvía a simular que escribía en su computador. Tras unos segundos, Cindy volvió a hablar:

—Ey, sólo estoy bromeando. Aunque dices que no era tu tipo, parece ser alguien especial, y la verdad es que no sé a cuál sentido de la palabra me refiero cuando digo "especial". De todas formas, ya pasó y seguro te olvidarás de él en una semana.

«Sí, seguro no es nada», pensó Esther, sin atreverse a decirlo en voz alta. En vez de eso, se quedó en silencio, aún observando la nada del suelo. Cindy se levantó del sofá y se dispuso a ir hasta la ducha, pero antes de desaparecer de la sala de estar, dijo:

—Deberías ir conmigo a trotar un día, es mejor que estar sentada ahí masturbándote sobre alguien de quien ni siquiera conoces su nombre. —Esther se quedó en silencio y no levantó la mirada, esta vez fue por vergüenza. Lo único que pudo escuchar fueron las carcajadas de Cindy alejándose de la sala de estar.

2. ESE OTRA VEZ

Después de una noche de sueños que mantuvieron a Esther en un insomnio interminable, se levantó a las seis de la mañana al escuchar una alarma de la que no estaba segura de sí era una salvación o una condena. Salió de su cuarto y vio a Cindy ya vestida y lista para hacer ejercicios una vez más. Su compañera le dio los buenos días y Esther respondió sin mucho afán y masculló unas palabras sobre lo mucho que odiaba hacer ejercicio y sobre cómo era una pérdida de su tiempo y que de todas formas todos íbamos a morir. En esta cadena de pensamientos existencialistas, se había bañado y vestido en su mejor ropa deportiva (que consistía en unos *leggings* que no usaba desde su primer año de universidad y un top que le regaló Cindy y que nunca había usado excepto en uno que otro día de lavar la ropa). Salió de su apartamento, bajó las escaleras, donde Cindy la esperaba, y juntas salieron a la calle.

Se dirigían al parque, el cual estaba a unas tres cuadras de su residencia. Habían ido trotando, y durante la primera cuadra, Esther se sintió muy bien, como si correr fuera algo natural. «¡Podría hacer esto todo el día!», pensó, e incluso apresuró el paso para estar delante de Cindy. Una vez llegaron a la entrada del parque, se dio cuenta de su error.

—No puedo más… Cindy, libérame de esta tortura…
—¿Qué pasó con tu ímpetu? —preguntó Cindy, con una sonrisa.

—Ésa… ¿Ésa es tu palabra del día? ¿Ímpetu? —preguntó retóricamente Esther, entre jadeos.

—¿Te gusta? La saqué del calendario de palabras que me regalaste. Como ves, yo sí uso los regalos que me das.

Cindy siguió adentrándose al parque, sabiendo exactamente hacia donde iba. Por pena o lástima, había aligerado el paso para que Esther pudiera seguirla. Después de todo, la idea de ir al parque no era para ejercitarse o sentir el aire libre que no se conseguía encerrado en un apartamento con aire acondicionado, sino pasando el tiempo juntas. Claro que para Cindy, esto significaba "quiero estar con alguien para que no me intente ligar cualquier persona del parque"; a Esther no le importaba tanto. Aunque Cindy y ella eran muy distintas (y, desde luego, trotar era propio de una película de horror), Esther se sentía bien al lado de su amiga. Ambas podían reírse y pasarla bien juntas, además se divertía viendo a los hombres solteros, indecisos de si acercarse a hablarles o no. «Al menos me llena de ideas para escribir algunas aventuras de Marilyn», pensó.

En poco tiempo habían llegado a donde Cindy se proponía llegar, esa parte del parque donde se reunían los hombres musculosos, con camisetas diseñadas específicamente para enseñar estos atributos de ellos. Sí, estos eran los "ejercicios" de Cindy, y estos David de Miguel Ángel eran su tipo de hombre. Y aunque todas las mujeres aprecian un buen cuerpo (porque nunca están de más), Esther era parte de un grupo en que prefería a los hombres resistentes por encima de los fuertes, a los que hacían ejercicio para ser más fuertes y tener más energía que aquellos que lo hacían con propósitos estéticos, a aquellos que tenían la elegancia de cubrir su cuerpo por encima de… bueno, de los que usan lo que sea que estuvieran usando esos tipos. «A veces —pensaba Esther—, me cuesta creer que a esto ha evolucionado la ropa deportiva masculina. Ya estaba bastante mal en los ochenta».

En ese momento en que Esther se había distraído, se dio cuenta de que Cindy se había apartado de su lado. «Oh no», pensó Esther, pues esto significaba que se había ido a hablar con algunos de esos colosos. Y aunque ella no tenía problemas con ello, lo malo ocurría cuando su compañera de cuarto la invitaba a acercarse. En esos casos, no sabía si sentirse agradecida por sentirse incluida, o si prefería ser excluida.

En efecto, Cindy conversaba con dos hombres apoyados casualmente en una de las máquinas de hacer ejercicio. Como era natural, Esther no sabía qué hacía esa máquina, pero siendo justos, era probable que Cindy tampoco lo supiera. A pesar de que hacía mucho ejercicio, realmente lo que hacía era "ejercicio". Cindy hacía señales con su mano para que se acercara. «Podría seguir caminando y pretender que no los he visto —pensó Esther—, pero Cindy me lo reprochará más tarde si no la acompaño».

Con un suspiro de frustración, Esther aceptó que la eterna

soledad no era tan malo como un regaño de Cindy. Decidida a mantener aquello como una conversación amistosa y con planes de dar un número de teléfono falso y nunca jamás saber del próximo extraño, se acercó hasta los nuevos amigos de Cindy.

—¡Esther! Te estaba haciendo señas. ¿No me veías? —preguntó Cindy, sin esperar una respuesta. Era evidente que ella sabía sobre su predicamento interno—. Déjame presentarte a Johnny Tavares y Giancarlos Memoli.
—Un placer, Esther —saludó Johnny, y le dio un beso en su mejilla. «Un poco atrevido», pensó ella.
—Hola —dijo Giancarlos, demostrando su gran elocuencia o simplemente un rasgo de timidez.

Esther los saludó a ambos de forma general, sin decir ni una palabra, sólo les mostró una sonrisa incómoda y pasó su mano en el aire en forma de saludo. Johnny era el más pequeño de los dos, pero debía de tener el mismo tamaño que Cindy. Tenía un poco de barba y el cabello rapado en un lado. No estaría tan mal, de no ser porque usaba unos monos cuya parte del sexo caía hasta las rodillas. «No estoy seguro a quien quiere engañar con eso, o si sólo se trata de un mal sentido del gusto», pensó. Giancarlos, por otro lado, parecía ser el más fuerte. Usaba una gorra hacia atrás, tenía una quijada fuerte y los ojos pequeños. Durante toda la conversación, tenía los brazos cruzados. «No está tan mal. Espero que su silencio sea por timidez y no porque tienda a decir barbaridades a la hora de hablar», pensó.

—Johnny es un Comunicador Social. Se acaba de graduar —dijo Cindy, presentándolos con sus brazos como si fuera el anfitrión de un programa de premios—, y Giancarlos es… ¿Qué fue lo que dijiste que hacías?

—Estoy… entre trabajos.

«Oh, debe ser por eso que algo no me sentaba bien con él», pensó Esther. Giancarlo se sentía un poco apenado por el contenido subliminal que había en esa respuesta y Esther también dio un paso atrás en su cinismo, avergonzándose por juzgarlos tan duramente.

—¿Qué hacen ustedes?

—Yo soy maestra en una clase de yoga avanzada —mintió Cindy, volteándose a guiñarle un ojo a Esther, quien procedió a voltear los ojos—. Esther, por otro lado, escribe para un blog sexual.

—¡Cindy! —exclamó Esther, ahogando un grito y enrojeciendo casi al instante.

—¿De veras? —preguntó Johnny, y los dos hombres se miraron entre ellos—. Nunca había conocido a una mujer que escribiera sobre estas cosas.

—Bueno, no es un blog sexual —dijo Esther, bajando la cabeza—, es erótico. Hay una diferencia.

—¿Es como un porno más ligero?

Ante la pregunta de Giancarlos, Esther volvió a sentirse cínica en su actitud contra el hombre que la miraba con incredulidad. Antes de que pudiera soltar otro suspiro de frustración, Cindy la tomó de la mano con fuerza, como para frenar su juicio. En seguida soltó una carcajada y los hombres se le unieron. Esther sólo pudo acompañarla con una de sus sonrisas incómodas.

—Ey, no tenemos problema con una chica que escribe erótica —dijo Johnny, hablando por Giancarlo—, me parece muy progresivo.
—Es el siglo veintiuno y todo eso —contestó Giancarlo—, no es algo de lo que apenarse.
—No... no estoy apenada —dijo Esther, claramente apenada.

En un esfuerzo por cambiar el tema de conversación ya que sentía que el actual era un iceberg en el horizonte a punto de estrellarse con el *Titanic*, Cindy les preguntó si vivían cerca del parque.

—No muy lejos de aquí. ¿Conocen el bar Navarro? —preguntó Johnny, y sin esperar respuesta añadió—: Nosotros vivimos al frente.
—¡Oh, eso es muy cerca de aquí! ¡Igual que nosotras! —exclamó Cindy—. Y viviendo frente a un bar, sería una pérdida si no nos reuniéramos un día.
—Podríamos vernos ahí a las ocho de la noche —dijo Johnny.

En ese momento, Johnny tomó su celular de un morral

deportivo que tenía colgando de una de las máquinas (la misma cuyo propósito aún seguía siendo un misterio para Esther), y empezó a escribir el número telefónico que Cindy iba dictándole. Esther se perdió en los panoramas escénicos del parque y dejó que su imaginación volara. Pensó en Marilyn y en la próxima aventura que ella tendría. Giancarlo se había acercado a hablar con ella pero Esther sólo podía responderle de forma automática, sin prestarle mucha atención a la conversación.

«Marilyn no perdería el tiempo con estos chicos. Ella preferiría hombres llenos de misterio, un enigma a los ojos con un extraño poder de atracción al que ella no podría resis...», Esther detuvo su línea de pensamiento al avistar a un corredor a los lejos. Se veía pequeño a lo lejos, pero al pasar cerca de ellos... aún se veía pequeño. ¿Acaso era aquel hombre misterioso de la otra noche? ¿El mismo que la había llevado al callejón, le había dado placer y había desaparecido de su vida? El rostro se le hacía muy familiar, como si lo hubiera visto antes, pero no podía recordar ni su rostro, ni su forma de vestir, ni su nombre, sólo los cabellos rizados y marrones... justo como los del corredor que pasaba a su lado.

—¿No lo crees? —preguntó Giancarlos.

—¿Qué? —dijo Esther, confundida—. Disculpa, estaba distraída.

—Pareces distraerte mucho. ¿Es alguna condición médica? —preguntó Giancarlos

—. Sabes, yo tenía un primo que tenía lo mismo…

Esther sentía que no podía perder el tiempo charlando con Giancarlos. Aunque aquel enano no era su tipo, él seguía siendo un misterio que debía descifrar. No podría dormir por el resto de la semana, ni seguir escribiendo para Vixen si perdía esta oportunidad. Podría equivocarse y tratarse de otro hombre, pero estaba dispuesta a tomar ese riesgo. En el peor de los casos, perdía la oportunidad de estar con Giancarlos.

—Disculpa, tengo que… —dijo Esther, tomándose unos segundos para pensar una respuesta—. Tengo que terminar mi rutina.

—¿Rutina? —preguntó Cindy—. ¿De ejercicios?

Pero Esther no contestó. Dejó a los tres con una mirada atónita mientras ella corría en la dirección en la que había venido, detrás del misterioso hombre de la otra noche. «Tengo que hacerlo, por Marilyn», pensó Esther. Aún se sentía cansada por las tres cuadras que había corrido intentando llegar al parque, pero se empujó a seguir adelante. A lo lejos, corriendo por el camino de piedra, estaba la posible solución a su misterio, alejándose. Si ella seguía corriendo, podría alcanzarlo, pero aquel enano corría muy rápido para su tamaño. Esther sentía que sudaba por todas partes de su cuerpo, pero al menos el aire la refrescaba. Siguió empujándose hacia delante, casi tropezando un par de veces. Pensó en llamarlo, pero sintió que eso sería muy extraño para él. Sentía que la vista se le oscurecía, y entonces empezó a ir cada vez más lento. Finalmente, se detuvo, apoyando sus manos sobre sus muslos y se dejó caer a un lado del camino de piedra. Sentía que se iba a desmayar y casi ocurre así, pero justo cuando ya se había dado por vencida, vio que aquel extraño estaba frente a ella, de pie y con las manos en su cintura.

—¿Estas bien? —preguntó.
—Eso creo —contestó Esther.

Esther levantó la mirada, intentando detallarlo a pesar de su cansancio. Cumplía con los requisitos de tener el cabello rizado y una baja estatura, pero todo lo demás se le hacía extraño. Su rostro era de ojos grandes azulados, con una nariz y una boca fina y delgada. A pesar de su tamaño, era más fuerte de lo que aparentaba. Vestía un short azulado y una camisa negra deportiva, alrededor de su cintura tenía amarrado un bolso, de donde había sacado una pequeña botella de agua y se la ofrecía a Esther.

—No son drogas, no te preocupes —contestó el extraño, con una sonrisa—. Claro que eso es algo que diría alguien que te intentara dar drogas.

Esther le ofreció una sonrisa incómoda, pensando en que se trataba de un comentario un poco extraño. Sin embargo, jadeaba tanto del cansancio que aceptó la botella de agua y bebió a grandes tragos. En todo ese tiempo, el extraño no había apartado la mirada de ella. Cuando por fin terminó de beber, sólo quedaba la mitad. Esther balbuceó un "gracias" mientras se limpiaba la boca.

—Mi nombre es Richard, pero mis amigos me dicen… pues, Richard.

—Richard… —repitió Esther, sin saber por qué—. Soy Esther.

—Mucho gusto, Esther —contestó Richard con una sonrisa—. He de decir que es la primera vez que una chica casi se desmaya por mí.

Esther rió por cordialidad. Por dentro se sentía decepcionada, aunque se le hacía familiar, aquel no era el extraño de la otra noche. Él no la conocía a ella y ella no creía que aquel extraño no fuera capaz de recordarla como ella no lo recordaba a él. «Bueno, tampoco es imposible», pensó Esther.

Tras recuperar su aliento, Esther se puso de pie. Richard aún la observaba con una sonrisa de oreja a oreja. Esther estaba pensando en una excusa para irse, pero Richard se le adelantó:

—Bueno, creo que es mejor que me vaya. Tengo que continuar con mi rutina. Si no soy constante, termino dejándome ir con mi cuerpo y no puedo permitir eso cuando estamos en vacaciones de verano.

—Me imagino —dijo Esther, sin imaginárselo realmente. «Otro deportista», pensó—. Bueno, gracias por todo Richard, pero tengo que volver con mis amigos.

—Entiendo —dijo Richard, tomando la botella de agua que Esther le entregaba—. Supongo que te veré por aquí.

—Supongo.

Richard se puso sus audífonos y empezó a caminar en la dirección en la que hace un minuto estaba corriendo. Esther dejó escapar un segundo suspiro de frustración y empezó a caminar de vuelta a donde estaba Cindy, pensando en la vergonzosa excusa que tendría que dar al regresar. Pero antes de que Richard hubiera desaparecido de vista por completo, Esther escuchó las palabras "Adiós, Marilyn". Esther se volteó con los ojos abiertos de par en par, pero Richard ya se había ido hace mucho tiempo. ¿Las había gritado? ¿Acaso sí se trataba de aquel extraño del bar o era sólo la imaginación de Esther jugándole trucos?

Esther continuó su camino, insegura y agarrándose de los brazos. Empezó a temer que se estuviera obsesionado con alguien que no conocía y, aún menos, que no amara.

3. ¡QUÉ INCÓGNITA!

Aquella tarde, la pasó acostada en el sofá. Tenía la vista fija en el techo y no podía dejar de pensar en aquellas palabras. "Adiós, Marilyn". Si no se las había imaginado y aquel extraño las había gritando antes de irse por completo, significaba que la conocía mejor de lo que ella pensaba. Alguien había penetrado su fortaleza, había invadido la bóveda de sus secretos y deseos íntimos. A Esther no le importaba ser humillada, pero no podía dejar que alguien tocara a Marilyn.

La puerta del baño se abrió y Cindy salió en una nube de humo con una toalla que le cubría todo su cuerpo. Como llevaba sus cabellos amarillos cortados por encima de los hombros, nunca necesitaba una segunda toalla para secar su cabeza. Caminó hacia su habitación, chorreando agua por donde fuera que pasara.

—Te toca —gritó desde la habitación, dando a entender que Esther tenía que bañarse.

—No creo que vaya —contestó Esther desde la sala, sin apartar la mirada del techo.

—Aunque no vayas, no te has bañado ni te has cambiado desde que fuimos al parque a hacer nuestra rutina de cardio. —Después de un segundo de pausa, Cindy entró a la sala de estar. Estaba vestida en su ropa interior morada y pasaba la toalla que le había cubierto el cuerpo encima de su cabello para terminar de secarlo—. Además has estado muy distante todo el día, tienes suerte de que los chicos no se tomaran mal tu actitud.

Esther no contestó y dejó que un brazo le cubriera los ojos como una forma de escapar de la realidad, y no porque su realidad fuera especialmente horrible, pero tener a Cindy en un constante regaño tampoco era de su preferencia.

Apenas Cindy se terminó de secar el cabello, observó fijamente a Esther, quien aún se encontraba estirada sobre ella misma.

—¿Que ocurrió en el parque?

—Nada.

—Dime.

—No.

—Dime.

—Está bien —contestó Esther, cediendo ante la maravillosa habilidad de persuasión y creación de argumentos de Cindy—, pero prométeme que no te reirás.

—Lo prometo —contestó Cindy, posando una mano sobre su corazón—. A menos que sea muy gracioso, claro.

Esther frunció el ceño, pero sabía que eso era lo mejor que podría obtener de Cindy. Además, sentía que lo mejor era contárselo a alguien. Esther había visto suficientes episodios de televisión de casos criminales donde el asesino se había vuelto loco con voces internas y temía que ése fuera su caso. Un pensamiento un poco exagerado, tal vez, pero así funcionaba la mente paranoica de la mujer que escribía las aventuras sexuales de Marilyn.

—Creo... que me estoy volviendo loca —dijo Esther, apartando el brazo de sus ojos y acomodándose en el sofá para hablar de frente con Cindy—. Creo que lo vi, al enano del bar de la otra noche.

—¿De veras? ¡Eso es grandioso! —contestó Cindy, y se sentó al lado de Esther en el sofá. Su semblante reflejaba una expresión emocionada que contrastaba con la paranoia de Esther—. Cuéntamelo todo. Y, por favor, con un poco más de detalle que la última vez.

—Bueno, la cosa es que no sé si se trataba de él, lo perseguí por el parque y...

—¿Lo perseguiste? —interrumpió Cindy, con la mano sobre su boca.

—Sí... y casi me desmayo del cansancio. Él debe de haberme visto, porque se acercó a ayudarme. Me dio un poco de su agua...

—¿Bebiste de su agua? —interrumpió de nuevo Cindy, esta vez en un tono y una expresión que eran igual de sugestivas.

—Dijiste que no te burlarías —contestó Esther, frunciendo el ceño una vez más.

—¡No lo hago! —contestó Cindy, reprimiendo una pequeña risa—. ¡Si parece un encuentro de películas! Y aún quiero saber si es una película de Hollywood o si se trata del principio de una porno.

—Ninguna —contestó Esther. Tomó a Cindy de la mano para darle a entender que lo que quería decir era en serio, ella notó este gesto y poco a poco empezó a tomar una expresión neutral—. Pensé que no era él, así que nos despedimos. Y justo cuando estaba a lo lejos, me gritó: "Adiós, Marilyn". Y aún no sé si me lo imaginé o no.

—¿Marilyn? —contestó Cindy. Parpadeó un par de veces, intentando comprender lo que Esther le contaba—. ¿Cómo tu avatar de Vixen?

—La misma.

—¿No creerás que se trata de uno de tus lectores? Espero que no se trate de un fanático loco o de un acosador.

Esther tragó saliva al pensar en aquella opción que no había considerado aún. «Ése sí que sería un episodio de asesinos seriales», pensó.

—Puede que sea el extraño de la otra vez, después de todo, estabas muy tomada esa noche y puede que le hayas revelado que eras escritora de Vixen —dijo Cindy, con un dedo apoyado a un lado de su barbilla—. No tienes nada de información personal, ni foto en tu blog, ¿cierto?

—No. Es imposible que me reconociera de allí.

Esther se quedó viendo el suelo en silencio. Cindy notó esa pausa y le dio un apretón afectuoso en la mano. Esther la miró a los ojos y le dedicó una sonrisa un poco triste. Su compañera de cuarto se sintió conmovida, tal vez porque no encontraba nada de lo que pudiera reírse.

—Si tienes miedo de que sea un acosador o de que tu mente esté obsesionada con este extraño, no importa —dijo Cindy, luego tomó a Esther de las manos y la levantó del sofá—.

La solución es la misma, rodéate de chicos grandes y musculosos, y sal a beber conmigo hasta que olvidemos quiénes somos.

Esther estaba a punto de negarse cuando escuchó la música que venía de su celular que indicaba que tenía una llamada. Lo tomó, leyó las palabras "Papá" y casi enseguida, con una mueca de disgusto, puso su móvil en silencio. Cindy notó la mueca y le preguntó por ello.

—No es nada —contestó Esther—. Era sólo mi padre.
—¿Que quería?
—Probablemente hablar sobre lo decepcionado que está de mí y que piensa que moriré sola —dijo Esther, soltando un bufido.
—¿No crees que estás siendo un poco dura? —preguntó Cindy, alzando los hombros.
—Ésa soy yo siendo positiva con él. En el peor de los casos, intentará presentarme al hijo de uno de sus colegas o a "un joven prometedor que sí tiene ambiciones". Es el infierno de crecer entre cretinos de grandes billeteras.

Esther se llevó una mano a la frente, no quería lidiar ni con su padre, ni con la conversación sobre su padre con Cindy. Aquella llamada la había hecho recordar los desafortunados y desagradables encuentros con su padre, y cómo la hacían sentirse sola. No quería sentirse así, al menos no hoy. Tras pasar sus manos por su rostro, le dedicó una sonrisa a Cindy.

—Entonces ¿a qué hora vamos hoy?

Cindy se olvidó del tema y volvió a emocionarse, pasando sus manos por sus muslos en un gesto de excitación por la noche que las esperaba.

4. ROSTRO FAMILIAR

A las nueve de la noche estaban juntos los cuatro: Giancarlos, Johnny, Cindy y Esther. Estaban sentados en una mesa en el mismo bar frente a la residencia de los dos chicos, lo cual era muy oportuno para lo que Cindy imaginaría que sería la noche. Contrario a Gideon's, Navarro era un lugar mucho más concurrente. Debía de tener al menos quince mesas, dos barras y un escenario donde alguna otra noche habría una banda tocando, pues de la música de fondo se encargaba unas cornetas en las esquinas del local. Era la clase de lugar a la que un hombre llevaría a una mujer a pasar un buen rato, y puede que por eso le gustara tanto a Cindy.

Frente a cada uno de ellos había una jarra de cerveza que iban bebiendo a tragos. Johnny y Giancarlos estaban mejor vestidos que esa mañana en el parque, ambos tenían camisas formales con unos botones de más abiertos en la parte del cuello y el pecho, Cindy usaba uno de sus vestidos de cóctel azulados, mientras que Esther se había decidido por un par de *jeans* azules con un top blanco y una chaqueta roja.

Odiaba admitirlo, pero de hecho se estaba divirtiendo aquella noche. Giancarlos se mostraba cordial con ella y hacía un gran esfuerzo por hacerla sonreír. Esther lo encontraba adorable. Esperaba que Cindy no les hubiera dicho algo, aunque sabía que no era capaz de contarles lo que en verdad había ocurrido en el parque (o al menos eso creía), pensaba que podía haberles dicho que no se sentía bien y que intentaran animarla. Fuese lo que fuese, estaba funcionando. Los cuatros bebían, intercambiaban conversaciones e incluso risas de un volumen más alto de lo aceptado socialmente. Incluso jugaron un par de juegos de beber que Esther no conocía.

Eran las diez y media cuando Cindy tomó a Esther de la mano y la levantó de su asiento. Ambas se tambalearon un poco cuando Cindy empezó a buscar su cartera roja y la tomó, sin soltar a Esther en todo ese proceso. Entonces, dirigiéndose a los chicos, dijo:

—Vamos un segundo al baño.
—¿No estamos invitados? —preguntó Giancarlos, en un tono de burla.

Cindy contestó con una carcajada, a la que se unió Johnny y llevó a Esther al baño de damas, el cual se veía más elegante de lo pensado para aquel establecimiento. Cindy fue al compartimiento más cercano mientras que Esther tomó el labial de la cartera de su compañera de cuarto y empezó a retocarse. Era de un rojo vibrante, muy sexy para Esther, pero Cindy había insistido que usara ése.

—Entonces ¿quieres a Giancarlos o a Johnny? —preguntó Cindy en alto, su voz perforaba a través de la puerta y de la música de afuera. Un par de chicas se vieron entre ellas y dejaron el baño al escuchar que empezaba una conversación que no les incumbía—. Francamente, prefiero a Johnny, pero soy tan buena amiga que te dejaré elegir a ti.

—No lo sé —dijo Esther, pasando su dedo anular por sus labios—. No estoy segura de adonde quiero llegar. En principio sólo vine a divertirme y a pasarla bien.

—Querida, aún no hemos empezado a pasarla bien —dijo Cindy.

Esther terminó de retocarse con el resto de los artículos de maquillaje que Cindy traía en su cartera, su compañera de cuarto salió del compartimiento y se le unió.

—Por mi parte, creo que me llevaré a Johnny a su apartamento. Tal vez debas hacer lo mismo con Giancarlos en el nuestro.

—Sólo tienes un juego de llaves —dijo Esther, viendo a su amiga a través del espejo—. ¿Cómo harás para entrar en la mañana?

De su bolso, Cindy tomó un segundo juego de llaves y dejó que colgaran de su mano. Con una sonrisa, dijo:

—Siempre estoy preparada.

Esther le contestó con una sonrisa. Ambas chicas salieron del baño de damas y lentamente se dirigieron a su mesa. Esther aún consideraba la posibilidad de llevarse a Giancarlos al apartamento. «Puede que sea lo mejor —razonó—. Hace tiempo que no estoy con alguien y este chico no está tan mal, al menos tiene buen cuerpo».

Pero como si fuera una intervención del destino, y para sorpresa y de alguna forma "horror" de Esther, ésta vislumbró una figura que se le hacía familiar desde el rabillo de su ojo. Allí, sentado frente a la barra, con un trago en la mano y completamente solo, estaba el extraño. El mismo corredor que había visto esa mañana en el parque, el mismo que había estado en la mente de Esther, el mismo que había dicho "Adiós, Marilyn". Esther sintió como si estuviera jugando con ella y empezó a sentir un enojo que iba creciendo dentro de ella.

—¿Esther? —preguntó Cindy, al ver que su amiga se había detenido de inmediato—. ¿Estás bien?

Esther salió de su trance y vio a su amiga, quien la miraba de vuelta con un aire preocupado. Observó la mesa de los chicos, quienes las habían visto y les hacían señas para que se acercaran.

—Ven, vamos a terminar la escena del bar y pasemos a la porno —dijo Cindy, con una sonrisa.
—Espera —contestó Esther, tomando a Cindy del brazo con fuerza—. Ahí está, en la barra, el corredor del parque.
—¿El de "Adiós, Marilyn"? —preguntó Cindy, viendo en la misma dirección de Esther—. ¿El de los *jeans* y la chaqueta marrón?
—Ése mismo —contestó Esther, había un vaga ilusión de determinación en sus ojos—. Tengo que ir a enfrentarlo.

—Entiendo —contestó Cindy con una sonrisa—. Yo me llevaré a los caballeros a su apartamento. Haz lo que tengas que hacer y luego te nos unes.

—¿Qué les dirás? —preguntó Esther, pero Cindy ya se había alejado de ella y estaba caminando hacia donde esperaban sentados Johnny y Giancarlos. Dijeron algo que hizo que todos se rieran, pero a juzgar por la cantidad de alcohol que todos habían ingeridos, cualquier cosa podía hacerlos reír a estas alturas.

Esther esperó a que Cindy la excusara (con una buena excusa, si tenía suerte) y explicara su situación. A juzgar por la expresión en sus rostros, a ninguno de los hombres parecía importarles mucho. Los tres se levantaron de su asiento, se despidieron de Esther a lo lejos y caminaron hacia la salida. Esther los despidió con la mano y con una sonrisa y los dejó desaparecer del bar. Se sentía extraña estando tanto tiempo de pie en un mismo lugar, a la salida del baño. El extraño seguía bebiendo de la misma jarra que había ordenado. Era curioso encontrarlo completamente solo, sin ningún acompañante.

Esther decidió que había esperado suficiente. Se armó de valor y, con paso decidido, caminó hacia aquel hombre que por tanto tiempo había invadido sus pensamientos. Primero pensó en tentarlo para que fuera él quien se acercara a hablarle a ella. Se sentó a tres asientos de distancia de él. Ordenó una botella de cerveza a un hombre alto y delgado con pocos cabellos lacios que salían de su cabeza que parecía ser el *bartender* y se lo trajeron casi en seguida. Se quedó un rato bebiendo, jugando con su trago intentando llamar la atención. Pasaron varios minutos antes de que Richard la notara y, cuando lo hizo, tan sólo levantó su trago ligeramente para saludarla, y luego siguió bebiendo solo. A veces examinaba los tragos detrás de la barra, esos que nadie nunca ordena porque sus precios los hacen más de decoración que de consumo, y los cuadros y figuras *vintage* que adornaban las paredes. Esther tomó como un insulto este voyerismo exagerado de la habitación, como si ella no valiera la pena ser examinada.

Decidida, Esther se levantó de la barra, caminó hacia Richard y le dio unos fuertes toques en el hombro para terminar de llamar su atención. El hombre se volteó con una sonrisa en su rostro.

—Por un momento, pensé que no tendrías el valor para acercarte.

«¡Qué engreído! —pensó Esther—. ¿Cómo habrá hecho la primera noche para llevarme al callejón? ¿En serio estaba tan tomada? Claro que podrían ser dos personas diferentes, el extraño y este… Richard».

—¿Hola? —dijo Richard, observando como Esther quedaba muda al perderse en sus pensamientos—. ¿Hay alguien por ahí?
—Sí, yo… —Esther se interrumpió al fallarle la voz. Se

aclaró la garganta, y continuó—: ¿Sabes quién soy?

—¡Claro que sé! Es Esther, ¿no es así?

—Sí, y tú eres Richard.

—¡Ey! ¡Sí te acuerdas! —contestó Richard. Esther esperó a que se revelara como el extraño de sus noches de insomnios, pero rápidamente se sentía decepcionada una vez más—. Eres la chica del parque, la de esta mañana. ¿Te sientes mejor?

—Muy bien, gracias —contestó en un tono cortante que borró la sonrisa en el rostro de Richard—. Creo que tenemos que hablar.

—He de decir que es la primera vez que se me acerca una chica enfadada en un bar para conversar conmigo. Usualmente las hago enfadar después de la conversación.

«Ya había dicho un chiste parecido en el parque —pensó Esther, arrugando la nariz—. Si esa es su forma de seducir a las chicas de los bares, no estoy impresionada. Es repetitivo y probablemente me canse pronto. En diez minutos debería estar de camino al apartamento de Giancarlos y Johnny».

—Escucha, no quiero ser grosera, pero hay algo que tengo que saber —empezó Esther y tomó una rápida bocanada de aire para recuperar el valor de antes—. ¿Me has estado persiguiendo?

Richard escuchó las palabras de Esther justo cuando tomaba un trago de su jarra, lo cual hizo que se ahogara. A duras penas pudo decir:

—¿Disculpa?

—No creo que haya sido una coincidencia que te haya encontrado por segunda vez en el mismo día en que te conocí. ¿Eres un acosador? ¿Una clase de pervertido que busca chicas fáciles en el parque?

—No, yo… yo sólo vivo por la zona —dijo Richard, quien se había inclinado hacia atrás y ponía sus manos en frente de él en un gesto pacificador—. Creo que sólo es una casualidad que frecuentemos los mismos lugares, ¿no crees?

Esther detuvo su ataque. Ante la mirada de incredulidad de Richard y tras decir lo que pensaba en voz alta, se sintió estúpida. El bullicio de la ira se disipaba para dar lugar al silencio de la tensión incómoda. Se sentó a su lado e intentó evitar su mirada. Su cabeza era un torbellino de confusión y sintió que disculparse ante tal arrebato era lo correcto.

—Creo que es una teoría más plausible a que yo sea un acosador, ¿no lo crees?

A juzgar por sus palabras, Esther creía que Richard podía percibir su vergüenza y que intentaba romper con el silencio entre los dos

—Escucha, Richard, lo siento por enloquecer de esa manera. Es sólo que pensé que eras una persona que llevo buscando desde hace semanas.

—Bueno, suena a que tú eras la acosadora después de todo.

Esther no pudo evitar reírse, tal vez por lo absurdo que sentía que era aquella situación o por lo absurdo que había sido su forma de resolverla. Sin preguntarle, Richard ordenó una jarra para ella al mismo *bartender* de antes. Esther no objetó, pues sentía que le hacía falta tomar un poco más para seguir convirtiendo el nerviosismo en agallas.

—Si sientes que lo necesitas, puedes contarme más sobre este hombre misterioso e increíblemente guapo que confundiste conmigo —dijo Richard, escondiendo su sonrisa con el borde de la jarra.

«E increíblemente engreído», pensó Esther, aunque esta vez no estaba segura de si lo pensaba de una forma negativa, pues no podía evitar sonreír también.

—Quisiera saber qué hace un hombre como tú completamente solo en un bar un viernes por la noche.

—¿Aún sospechas que te estoy acosando? —preguntó Richard, Esther le respondió levantando una ceja—. Soy escritor. Vengo de vez en cuando para escribir o al menos para inspirarme.

—¿Buscando inspiración o buscando chicas? —preguntó Esther, esta vez era su turno de presionar.

—Bueno, si además de inspiración consigo a una musa, no me quejo —contestó Richard, y se encogió de hombros al decir esto.

Esther se sentía confundida respecto a la actitud de Richard. A veces sentía que era un engreído, pero ya en el parque y en su primera impresión de la noche aquel hombre bajito había hecho bromas que indicaban una ligera inseguridad de la que parecía estar orgulloso. Pensó que debía ser parte del conjunto de artista frustrado, pues aquellos sentimientos se manifestaban no sólo en su forma de ser gracioso, sino también en su forma de vestir. Richard usaba pantalones de mezclilla y una chaqueta marrón oscuro que parecían esconder algo. Esther podía imaginarlo pasando largas noches despierto o en un bar, tal vez intentando encontrar a alguien capaz de llenar ese vacío que había estado intentando llenar con la escritura.

Esther dejó de analizarlo al pensar que muy bien podría estar describiéndose a sí misma y no al hombre que continuaba sonriéndole. Pensó que ya había perdido suficiente tiempo con Richard y que sería mejor irse a continuar la noche con Cindy y con sus nuevos amigos del parque o, mejor aún, irse a su apartamento a terminar la noche. Sí, esa opción le atraía más, aunque la primera servía mejor como excusa.

—Creo que es mejor que me vaya —dijo Esther, al mismo tiempo en que se levantaba de su asiento—. Seguro que nos vemos por ahí.

—Bueno, yo he terminado aquí —contestó Richard, y al igual que Esther, se levantó de su asiento—. ¿Porque no te acompaño hasta tu casa?

—Eres muy amable, Richard, pero tengo que reunirme con unos amigos —dijo Esther. Mientras hablaba, recogía su cartera y se iba dirigiendo a la salida—. Fue un gusto hablar contigo.

Esther no dejó que Richard se despidiera, salió rápidamente del bar y empezó a caminar hacia su casa. Después de unas avenidas, se dio cuenta que había estado apurando el paso y se obligó a calmarse. Tomó una gran bocanada de aire y luego exhaló. Sintió el frío de la noche en su piel y la soledad de las calles en su corazón. «Debí haber traído un abrigo», pensó, creyendo que podría ayudarla a confortar una de las dos.

Como ocurre con todos, el caminar por las avenidas alumbradas débilmente por faros y letreros de neón puso a Esther en un estado melancólico. Esta vez se sentía más Esther que Marilyn. «¿Qué habría hecho ella? —pensaba Esther—. ¿Se habría ido a pasarla bien con Cindy y sus amigos? ¿Habría continuado la conversación con Richard? ¿O habría esperado a que llegara un nuevo extraño al bar y repetir esa experiencia?». Entonces, Esther volvía a pensar en esa situación tan rara en la vida de una chica como ella, en ese extraño momento en que había estado casi completamente desnuda en un callejón. Aunque había fantaseado antes con hacerlo en lugares públicos, siempre había pensado que sería con la ropa puesta. Pero aquel extraño le había quitado el vestido y le había dado placer a ella. Era un comportamiento tan inusual y algo que parecía

43

ajeno a la forma de ser de Richard, el artista tímido y extrovertido a la vez, que caminaba una cuerda floja entre la baja autoestima y una actitud soberbia. Alguien como él debería de ser más torpe durante el acto sexual como reflejo de su inseguridad. «No podría ser él», pensó Esther.

Sin darse cuenta, había llegado al frente de su apartamento, así que subió las escaleras y se detuvo frente a la puerta del edificio. Había escuchado unos pasos detrás de ella y al voltearse, encontró a Richard al pie de las escaleras y con las manos en los bolsillos de su chaqueta, observándola detenidamente. Esther no se asustó y tal vez esto se debía a que Richard no mostraba una actitud amenazadora o a que de alguna forma esperaba encontrarlo ahí, como si lo hubiera convocado con sus pensamientos. Sentía que lo más sensato hubiera sido gritar por ayuda, llamar a la policía o esconderse en su edificio. Pero en lugar de eso, le devolvía la mirada a Richard con la misma intensidad con la que él la observaba a ella, con un poco de miedo y de intriga a la vez.

Richard empezó a subir la escalera, muy lentamente, como si midiera cada uno de sus pasos, hasta estar a unos centímetros del rostro de Esther. Ella intentó decir algo, pero fue rápidamente callada al sentir la presión de los labios de Richard sobre los suyos. Sus labios eran gruesos, ella lo había notado antes, pero no los había sentido hasta ahora. Al menos, no estando sobria. Su lengua se hizo su propio camino en la boca de ella, era atrevida pero se mantenía a raya para no llegar hasta su garganta. Richard sabía besar muy bien, pero Esther podía notar que hacía un gran esfuerzo por controlarse.

Tras aquel beso apasionado y extraño para ella, Esther lo separó gentilmente. Con las manos temblando e intentando aparentar la calma que no sentía, tomó las llaves del bolsillo de su camisa y abrió la puerta del edificio, aunque le tomó varios intentos en los que Richard esperó pacientemente detrás de ella. Una vez que consiguió la llave correcta, Esther abrió la puerta y caminó rápidamente hacia el ascensor, el cual estaba afortunadamente abierto. Esther entró en él sin siquiera mirar atrás, confiada en que Richard la seguiría y así fue, aunque Richard se detuvo frente al ascensor. Esther lo observó por unos segundos, hasta que finalmente dijo:
—Bueno ¿vienes?

Richard contestó con una sonrisa, pero no era cualquier sonrisa, sino una de picardía, como un niño que se ha portado mal y que logró salirse con la suya. Esther detestaba admitir que eso la había excitado.

Richard entró en el ascensor y ambos pasaron por lo que se sintió una eternidad, esperando a que llegaran al tercer piso. Al abrirse la puerta, Esther caminó rápidamente por el pasillo hasta llegar a la puerta de su apartamento, el número treinta y dos. En todo el trayecto, Esther se mordía el labio inferior. Se sentía tonta haciéndolo, pero no podía evitarlo. En ese momento, su cuerpo parecía estar desvaneciéndose de su control. Pedía placer a gritos y parecía salir de cada poro de su piel, como un perfume de lujuria por un sólo hombre, y ése no era el Richard del parque, sino el Richard de la noche: el extraño del bar.

Apenas se abría la puerta de su apartamento cuando Richard atacó. Todo este tiempo había estado esperando detrás de ella, pacientemente, intentando controlarse, pero había perdido la compostura justo a tiempo. La agarró con fuerza por detrás, por los codos, y empezó a besar con fuerza su nuca. Instintivamente, Esther inclinó su cabeza hacia atrás, mordiendo su labio inferior con más fuerza que antes. Tras besarla por casi un minuto, Richard la volteó y empezó a besarla en la boca, pero esta vez sin restringir a su lengua. Esther empezó a sentir como se humedecía y esa excitación se aumentaba al pensar que aún estaban en el pasillo. Halando a Richard de la camisa, lo metió en su apartamento y cerró la puerta principal detrás de ella. Al poner el seguro, Richard arremetió contra ella, empujándola contra la entrada de su apartamento, agarró sus manos con fuerza y las extendió por toda la puerta mientras que con un pie separaba sus piernas. Y en todo este tiempo, no dejaba de besar su cuello. Esther se sentía un poco usada… y no le importaba.

Richard soltó sus manos, pero Esther las dejo donde él las había puesto. Ella entendía lo que él quería. Richard deslizó una mano la puerta su pecho, hasta llegar al primer botón de su camisa. Esther pensó por un momento que la iba a desabotonar gentilmente, pero se alegró al ver que la arrancó de un jalón. Como Esther no había usado un sostén esa noche, sus pechos quedaron libres para ser tomados. Pero en lugar de eso, Richard la presionó aún más hacia la puerta, haciendo que sus pechos tocaran el frío de la madera. Sus manos, en cambio, se dirigían hacia abajo. Desabotonó su pantalón, esta vez con la precisión de un cirujano, y metió su mano para tomar su sexo. Pero en lugar de ser brusco, la tocó suavemente, mientras que mantenía su cuerpo presionado contra el de ella. Parecía como si estuviera explorando el área antes de decidirse qué hacer, y no perdía el tiempo, pues se aseguraba de tocarla por encima del clítoris, provocándola y tentándola a que ella se presionara contra su mano.

—Estás muy mojada —dijo Richard, y Esther le contestó con un sonido agudo de aprobación que no pudo controlar. Richard sonrió—. Bien, eso significa que no tengo que lamer mis dedos.

Entonces, Richard fue aún más abajo. Empezó lentamente, sin mucha fuerza. Tan sólo continuaba la misma provocación de antes, pero poco a poco fue apurando sus dedos. Esther inclinaba su cabeza hacia atrás, igual que antes, pero esta vez Richard la tomaba del cabello con fuerza y la presionaba contra la puerta. Tras este acto de violencia, procedía a ir cada vez más rápido. Esther empezaba a excitarse más de lo normal y cada vez sentía que se mojaba más y más. Richard continuaba con mayor rapidez, ella empezaba a jadear y gemir de placer y Richard le contestaba con sus propios gruñidos.

A Esther le empezaron a temblar las piernas. No es que no estuvieran temblando antes, pero ahora podía sentirlas en su totalidad. Aún con las piernas separadas, intentaba cerrar sus muslos, pero la mano de Richard era más fuerte que ella. Cada vez la masturbaba más rápido, y Esther sabía que era cuestión de tiempo antes de que acabara. Entonces, Richard dejó de tocar por encima del clítoris y metió dos dedos en su vagina. Esther exhaló el aire con fuerza, pues no se esperaba aquella penetración, pero estaba tan mojada que no le dolió. Richard mantuvo sus dedos ahí, sin moverlos por medio minuto y Esther sintió como abarcaban su profundidad. Entonces, empezó a presionar hacia arriba y luego volvía a dejar de moverlos. Hacía esto como si fueran pulsaciones de un corazón. En lugar de meter y sacar sus dedos como harían otros hombres, Richard los hacía pulsar, simulando un pene estimulado dentro de ella. Las pulsaciones se hicieron tan rápidas como cuando simplemente la tocaba por encima y Esther no pudo durar más de un minuto. Lanzó un grito de placer que dio a entender que había acabado. Jamás había tenido un orgasmo tan prolongado como ése y no sabía si era algo de lo que estar orgullosa o si era un pensamiento triste. No quiso pensar en ello, o tal vez no podía, pues en ese momento sólo podía disfrutar de aquel estallido de lujuria que se había formado dentro de ella.

Richard sacó sus dedos de ella y empezó a caminar por la sala de estar lentamente. Esther, en cambio, aún permanecía pegada a la puerta, pero ya no tenía las manos extendidas y sus muslos por fin podían cerrarse. Se cayó sobre sí misma, intentando recuperar el aliento.

—¿Acabaste? —preguntó Richard, aunque ya sabía la respuesta. Aún caminaba por la habitación sin voltearse a verla—. Espero que puedas más, Esther. Sería descortés que me dejaras así…

Richard se detuvo frente al sofá y se volteó hacia ella. Casi en seguida quedó enmudecido. Esther se había quitado su pantalón y sus bragas por completo. Lo único que la cubría era su camisa blanca, con los botones rotos, y que se desplegaba por su cuerpo como el manto de una diosa, dejando entrever su generoso busto. Su cabello estaba desarreglado y caía por encima de su rostro, y su mirada… su mirada portaba una intensidad determinante, un deseo de éxtasis casi salvaje, como el de un animal que instintivamente tenía que buscar placer en ese momento. Y ahí, frente a ella, estaba su presa…

Esther saltó hacia donde estaba Richard y enseguida lo tumbó hacia el sofá. De un rápido movimiento, le desabotonó sus *jeans* y se los bajó a la altura de sus zapatos junto con el short que usaba como ropa interior. Mientras ella hacía eso, Richard se había quitado su chaqueta y su camisa, quedando completamente desnudo por encima de sus pies. Al moverse los dos al unísono al desnudarlo, Esther había quedado de rodillas, con su rostro a unos centímetros del pene de Richard. Ante ella se presentaba el miembro erecto del hombre con el que se acostaría esa noche. Parecía pulsar por la presencia femenina que tenía cerca, y el hecho de que respondiera al encanto de Esther hacía que ella se excitara aún más. Se mordió el labio de nuevo y lentamente pasó sus manos por los muslos de Richard, acercándose a sus genitales, para luego seguir hasta su pecho. Richard volvía su cabeza hacia atrás y su boca demostraba una expresión de placer que aún no había recibido. De alguna forma, Esther supo que estaba con la clase de hombre al que le gusta ser provocado. Tal vez se debía a que pensaba primero en el placer de ella y no se apuraba a satisfacer el suyo. «Así me gustan los hombres —pensó Esther con una sonrisa poco característica de ella—, altruistas».

Por fin, Esther deslizó su mano derecha por los abdominales de Richard hasta aferrarse con fuerza a su miembro. Ante esta acción, Richard pasó de ser el extraño lujurioso y maestro de la seducción a un adolescente que tiene su primera experiencia sexual. Con tan sólo tocarlo, Esther le había producido una experiencia sexual que parecía hacerlo acabar pronto. Claro que ése no sería el caso. Esther pensaba que se debía a la tensión sexual del momento que por fin era liberada. Richard disfrutaba de algo más que el toque de una mujer: el toque de Esther.

La mujer en que parecía estar convirtiéndose se regodeó de su control sobre el hombre que tenía sentado frente a ella. Con una sonrisa, lamió los dedos de su mano izquierda y con su saliva, procedió a mojar la punta del miembro primero y luego siguió bajando hasta que todo el pene estuviera lo suficientemente húmedo. Claro que todo era parte del proceso de seducción y provocación, pero Esther tampoco era cruel. Sabía lo que Richard quería, lo que todos los hombres quieren. Tras recogerse el cabello rápidamente, Esther inclinó su cabeza hacia adelante, lista para darle una mamada. Pero antes de que sus frondosos labios pudieran besar la cabeza roja que se alzaba en su frente, Richard la detuvo, posando su mano gentilmente por debajo de la barbilla de ella. Más específicamente, no fue el Richard del parque quien la detuvo, sino el extraño del bar. Esther subió la cabeza y miró directamente a unos ojos que resplandecían con una chispa de pasión.

—No —dijo Richard—. Te necesito ahora.

Esther se sentía impactada ante el apremio de Richard, y a la vez confusa por como a veces parecía paciente y le gustaba ser tentado para luego dejar de contenerse unos segundos después. Pero Esther parecía consumirse a sí misma de excitación al imaginar ser penetrada, y al ver el miembro de Richard que ya estaba húmedo, dejó de pensar y se dejó llevar. Se levantó del suelo y, con cuidado, se sentó encima de Richard. Éste tomó su pene y lo deslizó por encima de la vagina que se presentaba ante él. Esta vez, era él quien la provocaba a ella. Ante esta acción, Esther soltó un pequeño suspiro, casi imposible de notar, que la hizo arquear su espalda, pero Richard lo notó, al igual que notó la pose de Esther y no pudo evitar pensar en lo sexy que era la mujer que tenía frente a él. No podía aguantar más, ni ella podía seguir resistiendo aquellas tentación. Con cuidado, Richard tomó a Esther de la cintura, dándole a entender de que estaba listo, y con una mano aferrada a su pene, lo introdujo dentro de ella. A pesar de tratarla gentilmente durante el proceso, apenas estuvo dentro de ella volvió a perder el control. Richard la penetraba lo más profundo que podía. Esther abrió los ojos de par en par. Aunque el miembro que tenía dentro de ella no era el más grande que había visto, era definitivamente el que la hacía sentir más llena. Con otra persona, hubiera esperado a acostumbrarse a su tamaño, pero no podía contenerse. Lentamente, fue subiendo y bajando la parte inferior de su cuerpo. Richard parecía disfrutarlo, pero sabía que no sería suficiente con eso. Con cada segundo que pasaba, Esther fue subiendo y bajando con mayor rapidez, hasta por fin cabalgar al hombre como era apropiado. Pudo sentir como con cada estocada, estaba cada vez más cerca de tener un orgasmo. Por mucho tiempo había creído que las mujeres que gemían en voz alta eran fantasía de los hombres y gajes del oficio para las actrices porno, pero aquí estaba ella ahora haciendo vibrar las paredes. Esto hizo que Richard la acompañara con sus propios gruñidos.

Tras mucho ejercicio, ella se detuvo, pero él la obligaba a

seguir. Tan sólo la levantó y se dedicó a hacer todo el esfuerzo, moviendo su pelvis de arriba a abajo, penetrándola con mayor rapidez que ella. Esto, claro, la hizo gemir e incluso gritar de placer. Sentía que iba a acabar en cualquier momento, pero Richard no iba a dejar que la primera vez de ellos terminara tan pronto. Con gran fuerza, se levantó del sofá, con ella en sus brazos, aún penetrándola, y de un rápido movimiento, la acostó en el sofá. Fue en ese momento en que el pene de Richard se salió de su vagina y ella sintió como si su mundo se estuviera acabando. Estaba en tal estado de éxtasis que aquellos segundos parecían una tortura infinita. Por suerte, y como Esther había pensado antes, Richard era un hombre "altruista". Apenas estuvo ella unos segundos acostada en el sofá sola cuando él se le acostó encima. Sin pensarlo dos veces, metió su pene dentro de ella. Esta vez entraba con mayor facilidad y Esther se sintió llena de nuevo. Pero ahora que era Richard quien tenía el control, él decidía el ritmo en el que cogerían y con cuánta fuerza. Empezó lento pero duro, cada penetración era como un ariete intentando derribar una puerta. Cada golpe parecía tener su propio sonido, y en esta ocasión era un gemido de Esther cuando la punta de Richard llegaba hasta lo más profundo. Entonces, empezó a apresurar el paso, pero no iba tan rápido como cuando ella estaba encima. No, cada estocada parecía calculada, como si coger fuera más arte que placer. Richard movía todo su cuerpo cuando la penetraba y parecía hacerlo en sintonía con las pulsaciones de un corazón normal. No como el de Esther, el cual parecía ir a millón. De vez en cuando, antes de sacar su pene de una estocada, lo pegaba lo más que podía a las paredes de su vagina. «No sabía que esto podía excitarme tanto —pensaba Esther—. Ningún hombre me había hecho esto antes. Se siente… muy bien».

Entonces, Richard empezó a ir absurdamente rápido. Tras la continua estimulación con fuerza que había recibido hace unos minutos, Esther sentía que acabaría pronto. Empezó a gemir con fuerza y sintió que iba a desmayarse. Pasó sus manos por la espalda de Richard, la cual se movía como la de una bestia. En algún momento, debió de clavar sus uñas en él, y si Richard lo sintió, lo demostró con un gruñido de placer en lugar del dolor. Finalmente, cuando Esther supo que era el momento, apretó sus muslos para tenerlo aferrado a ella. Richard entendió el mensaje corporal y la penetró tan profundo como fue capaz. Esther sintió el orgasmo recorrer todo su cuerpo y como su vagina soltaba toda clase de fluidos. Sí, había acabado, y lo había hecho mejor de lo que hubiera imaginado en cualquiera de las historias de Marilyn.

Sin embargo, algo faltaba. Algo de lo que se hubiera dado cuenta antes de no ser porque se sentía como en un estado de Nirvana, y es que no había semen. Al menos, no el suficiente. Richard no había acabado.

—¿No… aca… baste…? —balbuceó Esther, pero no pudo terminar su oración, pues sentía como sus ojos se ponían blancos de placer.
—No he terminado —contestó Richard con una sonrisa.

Esther no estaba seguro de qué quería decir con eso, pero lo descubrió rápidamente. Richard se separó de ella, dejando que los fluidos cayeran y mojaran el sofá. Caminó un poco sobre la habitación, mientras que ella lo observaba desde el sofá y luego volvió a acercarse a ella. La volteó hasta quedar boca abajo, luego la tomó de las piernas y la tiró hasta que la mitad de su cuerpo quedara en el sofá y la otra de rodillas en el suelo. Esther dejó que él hiciera lo que quisiese, pues no se sentía en posición de negarse (ni quería, si era recompensada debidamente). Entonces, Richard separó sus piernas, se inclinó sobre ella y volvió a introducir su miembro en la vagina de Esther. Como ella aún estaba sensible, sintió como la excitación le recorría su cuerpo, superando el cansancio del acto físico al que predecía. Igual que antes, Richard empezó penetrándola lentamente, moviendo todo su cuerpo. Como lo hacía por detrás, Esther no podía verlo, dejando todo a su imaginación y a lo que se sentía, y se sentía muy bien. Richard siguió con mayor rapidez y Esther sintió que iba a acabar por segunda vez. Una de las estocadas en específico la hizo sentir más llena que las otras y volvía a arquear su espalda. Lo hacía involuntariamente, pero sabía que esta reacción haría que Richard fuera cada vez más rápido. En efecto, el extraño del bar se empezó a mover de una forma tan salvaje y primal que no le era tan desconocida a Esther. Incluso la tomó de su cabello castaño y la obligó a mantener la cabeza levantada. Aquella acción que afirmaba su posición de control sobre el acto sexual la excitó aún más. «Otra cosa nueva que no sabía que me gustaba tanto». Con cada penetración, la iba empujando más y más hacia el sofá, con su rostro golpeando los cojines. No le importaba, pues en ese estado de placer, sabía que sólo importaba una cosa, y era volver a sentir el mismo orgasmo de antes. Entonces, como si fueran palabras mágicas, Richard dijo algo que la puso a ella en una cuenta regresiva:

—Voy a acabar.

Esther sabía que tenía que sacar su pene de ella, pero no encontraba las fuerzas para hacerlo. «Dios, es que se siente tan bien, y estoy tan cerca —pensó Esther—. ¿Qué haría Marilyn?».

—Voy a acabar —repitió Richard, mientras seguía penetrándola por detrás, no sólo con rapidez, sino con menos precisión. Estaba perdiendo el control—. Voy a acabar.

Richard empezó a frenar sus bruscos movimientos, dando a entender que lo iba a sacar, pero Esther presionó su cuerpo contra el de él. Con una sonrisa, volteó su rostro hacia él, con el cabello castaño cayéndole sobre su ojo izquierdo:

—Acábame.

Esas palabras eran todo lo que Richard necesitaba. Con un ánimo renovado, la penetró con rapidez y profundidad. En tan sólo unos segundos, Esther acabó y enseguida le siguió Richard con un grito de placer. Esther lo imitó. En un estallido de lujuria, pudo sentir como su semen corría dentro de ella, hasta incluso desbordarse y caer al suelo. Por fin, Richard quedaba saciado y Esther volvía a sentir aquel maravilloso y único orgasmo recorrerle todo su cuerpo. Richard se separó de ella y quedó sentado en el suelo, mientras que Esther continuó en la misma posición que antes.

Tras unos segundos de jadeos donde ambos intentaron recuperar el aliento, Esther dijo:

—No pensé que me gustara tanto la posición del perrito.
—Y no será la única —contestó Richard entre jadeos—. Espera a la segunda ronda.

La luz del amanecer atravesaba el vidrio de sus ventanas, y con una puntería perfecta, el Sol acertaba a despertar a Esther. Con un gruñido, levantó la parte superior de su cuerpo, permaneciendo sentada sobre su cama. Resaca. No sabía si del sexo o del alcohol, pero Esther tenía un dolor de cabeza terrible. «¿Es posible embriagarse de sexo?», pensó Esther con una sonrisa, y luego se acordó de todo. Richard, el extraño del bar, todo lo que había descubierto. Recordó lo incómoda que había sido la interacción entre ellos y como él la había seguido hasta su apartamento, y que a pesar de aquel extraño comportamiento de asesino serial, ella se había acostado con él. «¿En qué estaba pensando?».

Esther examinó la habitación. Pasó su mirada por la cama doble con sus sábanas verdes y desarregladas; por su armario lleno de fotos de sus amigos del pasado, su mesa de noche con la lámpara morada y el tumulto de ropa sucia que no terminaba de lavar; por las ventanas que daban hacia la calle frente al parque, por los estantes de figuras de bailarinas y *posters* de bandas de rock que cubrían el estampado naranja de la pared. Por fin, tras varios minutos, se percató de que Richard no estaba a su lado, ni ninguna de sus prendas. «Recuerdo que empezamos en la sala de estar, ¿pero habrá dormido allí?», Esther pensó. Creía que era improbable que después del mejor sexo de su vida, dejara al pobre hombre durmiendo en el sofá. Decidió que lo mejor sería buscarlo primero por todo el apartamento, y si no estaba, se daría una ducha y reorganizaría sus ideas.

Terminó de levantarse de su cama. Estaba completamente desnuda. No recordaba en qué momento de la noche se había dormido ni que había olvidado sus pijamas. Este detalle no sería de extrañarse, excepto por el hecho de que el hombre al que habría calentado durante la noche con su cuerpo desnudo no estaba. También sentía como sus dientes se sentían asquerosos. Llevaba mucho tiempo sin una noche de sexo desenfrenado que rompiera con la rutina nocturna antes de dormir. Fue hasta su armario y se vistió rápidamente con unos shorts y una camiseta vieja que usaba para dormir. Salió de su cuarto hacia la sala de estar. El sofá estaba un poco desordenado, pero además de eso, no había rastro de Richard en ningún lugar. La sala de estar no daba lugar más que para un sofá, una mesa de café, y el anexo hacía una cocina. La puerta del cuarto de Cindy estaba cerrada, y tampoco estaba en el baño o en el balcón. ¿Qué había sido de él?

Esther pensó en que la había usado una vez más y había vuelto a desaparecer. Aunque parte del encanto de los encuentros casuales con Richard se debían al misterio que los rodeaba, Esther se sentía un poco triste de no tener forma de contactarlo nuevamente. La clase de hombre que era Richard, o al menos la clase de sexo que él proveía, era de esos que no se pueden dejar al olvido. Esther se dejó llevar por su imaginación y pensó en que si Richard la invitara a salir en una cita formal o si quisiera tener una relación con él, ella aceptaría. No podía dejar pasar una oportunidad de continuar los relatos de Marilyn, en especial cuando podía empezar a relatar no desde su imaginación, sino de sus experiencias.

Esa idea la ánimo, y justo cuando se decidió a dejar de preocuparse por la desaparición de Richard y concentrarse en la ducha de agua caliente que la esperaba en el futuro cercano, notó algo fuera de lugar encima de la mesa de café de estilo japonés que estaba frente al sofá, era un pedazo de papel doblado. Richard le había dejado una carta. Tal vez incluso tuviera su número telefónico. Esther la tomó con rapidez (y un poco de desesperación) y vio que decía "Richard" por afuera. Abrió la carta y leyó lo que ponía.

"Gracias por una noche espléndida".

Esther casi sonrió, pero ese estado de alegría le duró poco porque al terminar de leer la oración, le siguió otra que contenía un nombre que hizo que un escalofrío recorriera su espalda.

"Espero verte pronto, Marilyn".

5. LA NUEVA ENTRADA

Esther pasó el resto del día acostada en su cama observando el techo de su habitación. No estaba loca después de todo, y al menos eso era un alivio, pero el hecho de que la llamara Marilyn y de que la hubiera seguido hasta su apartamento empezaba a asustarla. ¿Con quién estaba lidiando? ¿Quién era este hombre a quien encontraba tan irresistible y que era lo opuesto a su tipo de hombre? Alguien como él no encajaba con la forma de ser de Esther. Ella era la chica tímida e intelectual, la que conseguía al editor de una revista de moda como pareja, que la llevaría a museos de arte contemporáneo y a degustaciones de quesos y vinos europeos. Pero Richard... él parecía ser el hombre que se quedaba en casa alimentando a su perro y viendo repeticiones de comedias de los 90. «No, ya lo estas juzgando de nuevo sin conocerlo», pensaba Esther, y su cabeza volvía a ser un enredo al pensar que, de hecho, no lo conocía. No sabía nada de él, ni su apellido, ni su profesión, ni su posible amor por las comedias de los 90.

El sonido de la puerta principal abriéndose y cerrándose la despertó de su trance, tomó su celular para ver la hora y se dio cuenta de que era el mediodía. Cindy debía de estar llegando. En efecto, el olor a vómito y arrepentimiento por los sucesos de la noche anterior entraron en la habitación de Esther, sin tocar la puerta, en forma de su compañera de cuarto. Cindy tenía sus tacones en una mano, su cartera en la otra y una expresión de amargura en su rostro. Sin invitación o saludo alguno, se acostó al lado de Esther y ambas quedaron con la vista puesta en el techo.

—¿Quieres comer algo? —preguntó Esther, sin muchas ganas.

—Podríamos pedir una pizza o algo. No me siento con ganas de cocinar —contestó Cindy. Soltó un gruñido de cansancio y se volteó a observar a Esther mientras que apoyaba su cabeza en su mano—. Tuve la peor noche de mi vida.

—Bueno, los tríos no son para todos, Cindy. Y supongo que los chicos los hacen sonar más excitantes de lo que han de ser en realidad…

—¡Ojalá hubiera sido un trío! —exclamó Cindy, y volvió a voltearse. Tomó una de las almohadas de la cama de Esther y la abrazó, hablando con el rostro pegado a ella—. Puedo manejar un trío…

—¿Y qué pasó?

—Johnny y Giancarlos… son más que amigos —contestó Cindy, aún con la almohada sobre su rostro—. Fuimos hasta su apartamento, me prepararon una linda cama en su sofá, y luego se fueron a follar como conejos toda la noche.

Esther quedó muda por unos segundos intentando digerir todo lo que había escuchado. Finalmente, estalló a carcajadas, olvidándose momentáneamente de su situación. «Gracias a Dios por Cindy», pensó Esther entre risas. Aunque no podía ver el rostro de Cindy por la almohada, sabía que estaba frunciendo el ceño.

—¡Deja de reírte!

—¡No… no puedo! —contestó Esther, con las lágrimas saliendo de las comisuras de sus ojos—. Eso explica la ropa deportiva extraña. Seguro era de marca…

—Pensé que la pasaríamos bien entre nosotros, y de la nada ambos tomaron el pomo de la puerta, se vieron a los ojos y… tuvieron un momento de epifanía homosexual —Cindy soltó un gruñido que resonó por debajo de la almohada—. Si no estuviera tan molesta, diría que fue un momento tierno.

Esther se levantó de su cama. Le dolía el estómago de tanto reírse. Por primera vez, se burlaba de su compañera de cuarto sin restringirse, como hacía Cindy con ella normalmente. Y a juzgar por la acción que había recibido aquella noche con Richard, parecía como si ambas hubieran cambiado de lugar.

—Vamos, ni que a ti te hubiera ido mejor —dijo Cindy, tomó la misma almohada en la que había tenido presionado su rostro y se la arrojó a su compañera de cuarto, atinándole en un muslo—. Apuesto a que pasaste la noche leyendo alguna novela inglesa de hace mil años.

Esther dejó de reírse. Pensó en Richard, en la inexplicable atracción sexual hacia aquel enano y lo insegura que la había hecho sentirse al leer el nombre de Marilyn, y al pensar en todo esto… ella sonrió. No sabía por qué, pero aquella relación incómoda que tenía con un hombre que no conocía parecía perder importancia al pensar en lo bien que lo había pasado anoche.

Cindy captó aquella sonrisa, una que sus varias noches de compañías casuales le habían enseñado, y su rostro mostró una expresión de sorpresa:

—¡Ah, vamos! ¿Tu tuviste sexo y yo no?

—No fue "sólo sexo", Cindy, he tenido "sólo sexo" antes —Esther tuvo que reprimir una pequeña risa que la hizo sentir como una niña perdiendo su virginidad—. Fue increíble. Él sabía todo lo que me gusta y cómo me gusta, incluso cosas que no sabía que disfrutaría tanto.

—¿Estamos hablando del mismo tipo del parque, el que sospechabas que era el de la otra noche?

—Es él, Cindy. Me hizo sentir salvaje, libre, como… como otra persona.

—¿Quieres decir menos aburrida? —dijo Cindy, pero su comentario pasó desapercibido por Esther, quien parecía estar en un estado de felicidad imposible de destruir por ocurrencias de su compañera de cuarto—. Bueno, me alegro de que hayas vivido la versión porno de un cuento de hadas.

De repente, Esther salió de su habitación a toda prisa. Cindy se sintió ignorada y llamó a su compañera de cuarto sin recibir respuesta alguna. Esther había atrapado una idea en el aire que no podía dejar escapar. Había salido hasta la sala de estar y se había sentado frente a su escritorio de trabajo. Encendió su computador, y mientras esperaba, observó la pelota de goma rosa sobre su escritorio, la misma que siempre está en la palma de su mano cuando ella no estaba sobre el teclado escribiendo. Sonrió y pensó: «No esta vez». Una vez que se encendió la pantalla, Esther se metió en su blog de Vixen y empezó a escribir una nueva entrada:

«Fue una noche aburrida y sin estrellas, en la que Marilyn se sentía desanimada sobre la barra de un bar sin nombre, pero su noche estaba a punto de cambiar con la llegada de un extraño...»

6. EL MENSAJE

Tras una extensa alusión a su noche anterior que debió de llenar al menos unas cuantas docenas de páginas, Esther se detuvo para tomar un descanso. Era la primera vez que terminaba una aventura de Marilyn de una sentada. Entusiasmada por apagar las demandas de sus lectores que tan desesperadamente habían estado esperando por ella, presionó el botón de "Publicar", estiró su cuerpo para relajar sus músculos, tensos por pasar tanto tiempo sentada, y sintió que su estómago rugía. Se levantó de su asiento y fue directo hacia la nevera. La abrió y la encontró vacía. Al cerrar la puerta, pudo ver en ella una gran cantidad de notas adhesivas con listas de compras que debían de hacerse, y que Esther y Cindy se turnaban para ver a quien le tocaba ignorarla hoy. Esta vez, le había tocado a Esther. Quiso llamar a Cindy, pero luego recordó que había dicho algo sobre irse. No le había prestado mucha atención, ni a ella ni a la mitad de la pizza de hongos y jamón que aún quedaba en la mesa. Había estado tan abstraída de la realidad al escribir el apasionante relato de Marilyn que no había escuchado nada de lo que había ocurrido en las últimas dos horas. Esther sonrió al pensar en ello. Llevaba tiempo sin sentirse tan a gusto trabajando.

Justo cuando tomó un triángulo de pizza, escuchó la música de su celular que indicaba que había recibido un mensaje; era su padre otra vez. Dándole un mordisco a la punta del triángulo, leyó el mensaje que decía:

—Piero's. 7:00 PM. No llegues tarde. —Esther terminó de tragar el bocado que había dado y soltó un bufido de frustración. Sabía que si quería que su padre le siguiera ayudando a pagar su parte de la renta ocasionalmente, tendría que asistir al restaurante. Esta vez no tenía escapatoria. A regañadientes, le contestó:

—Ahí estaré.

Se decidió a intentar escribir una segunda aventura aprovechando que estaba inspirada, y porque sentía que era lo justo ya que sus lectores habían esperado casi dos semanas por una nueva entrada, hasta que volvió a escuchar su celular. «¿Qué quiere ahora? —pensó Esther, soltando un bufido de frustración—. ¿Acaso no le contesté?». Pero al tomar su celular, Esther leyó que decía "número desconocido". Sintió como si se detuviera su corazón. Pensó que podía ser un número equivocado o alguno de los pretendientes de su padre, pero ella sabía que era inútil pensar en ello. Sabía que era él quien la llamaba. Esther se sentía tan aterrada que no podía contestar su celular. Dejó que el teléfono siguiera sonando, llenando el vacío de un apartamento que había sido testigo de la noche anterior. Finalmente, el celular dejó de sonar y, tras pasar varios minutos, escuchó que le había llegado un mensaje. «Puedo lidiar con eso», pensó Esther. Rápidamente, tomó el celular y leyó el mensaje.

—Hola.

Era él. Estaba segura de que era él. ¿Qué podía contestar? Estaba jugando con ella, era evidente. Esther probablemente le hubiera exigido una explicación por la noche anterior... pero Marilyn no. Marilyn le seguiría el juego y lo tentaría a una segunda noche.

—No te despediste anoche —escribió Esther en su celular, y presionó enviar. Como una niña, se sentó en el sofá y presionó una almohadilla contra su pecho.

—No me contestaste la llamada. —Fue la respuesta que recibió. Esther pensaba en qué contestar, pero en seguida escuchó otro mensaje que llegaba—. Quiero pasar mi lengua por tu vagina otra vez.

Ahora desaparecía Esther y se convertía en Marilyn. ¿Qué le estaba pasando? Sabía que debía al menos intentar conseguir algo de información de Richard. Sí, pensaba en ello mientras escribía:

—Tienes que dejarme comértela la próxima vez.
—Eso me encantaría, pero sabes que primero tengo que complacerte. Además, me encanta lo bien que sabes allá abajo.

Esther ya se había bajado el pantalón de su pijama hasta las rodillas. Era una suerte que no se había cambiado en todo el día, pues la pijama era más fácil de quitar que uno de esos *jeans* apretados. Se tocó y pudo sentir lo mojada que estaba con sus dedos. Con la otra, escribía a duras penas:

—Dime más.

—Quiero besarte el cuello, es tan fino y elegante, podría besarlo toda la noche y pasar mi lengua por todo el borde hasta llegar a tu barbilla, y de ahí besarte en los labios como sé que a ti te gusta.

La imaginación de Esther estaba tan excitada como ella, y empezó a imaginar detalladamente las imágenes que Richard le describía en su mensaje. Empezó a frotarse de un lado a otro, como a ella le gustaba. Primero lento y luego rápido, aunque en esta ocasión casi se salta la parte "lenta". Estaba tan excitada que sentía que llegaría pronto a un orgasmo, con su teléfono como la única estimulación (por los mensajes y no por el modo "vibración"). Cada vez con más dificultad, le intentaba escribir a Richard:

—Dime más.

—Te besaría gentilmente, pero te movería con fuerza. Te empujaría contra una pared, te levantaría entre mis brazos, y luego te penetraría con fuerza, una y otra vez, hasta que no pudieras más y acabaras encima de mí.

«Mierda, no puedo creer que también me pueda excitar a distancia», pensó Esther, moviendo sus dedos lo más rápido que pudo. Sentía que estaba gimiendo, pero estaba tan inmersa en su propio placer que no podía escuchar nada. Quería escribirle algo pero estaba dedicada a ella misma. Sentía que venía un orgasmo y, aunque se había masturbado antes, esta vez era diferente, esta vez había sido más inmediato, con poca estimulación y, definitivamente, mucho mejor. Presionó teclas en su celular, esperando que le dijera más, y Esther sonrió al ver que en seguida le había llegado un nuevo mensaje.

—El restaurante Piero's. Siempre nos vemos ahí, tú lo conoces.

En seguida dejó de tocarse y leyó otra vez el mensaje. Se sonrojó al ver que le había escrito a su padre. Aquello le había cortado el orgasmo completamente y, a pesar de que aún estaba mojada, sintió que no podría retomarlo.

—Me confundí por un segundo, papá —le contestó, y luego se dejó caer sobre el sofá. Aquella experiencia había sido muy estimulante, pero ahora se sentía frustrada por no haber podido acabar. Con un poco de picardía, le escribió a Richard:

—Me debes un orgasmo.
—Puedo pagar con intereses, si quieres.

A pesar de que había sonado sexual, aquel chiste parecía ser más de Richard que del extraño del bar. Una triste sonrisa se dibujó en el rostro de Esther. Sus alter-egos habían desaparecidos, y Richard y Esther no tenían nada de qué hablar. Con un suspiro, fue hasta el baño a darse una ducha larga que la relajara.

7. LA RECONCILIACIÓN

A las 6:55 PM, Esther estaba en la entrada de Piero's, llevaba puesto un vestido rojo largo, uno suficientemente formal como para comer en aquel lugar. El restaurante tenía una fachada costosa, de esas que decían "No tienes suficiente dinero para comer aquí". Al entrar, Esther caminó por un pequeño puente de madera (el cual era terrible atravesar con tacones), hasta llegar al otro lado, donde le esperaban las mesas. Debajo del puente, pasaba un pequeño río con peces dorados que bordeaban el lugar hasta llegar a una salida exterior. El restaurante era espacioso, tal como Esther lo recordaba; tenía una barra en la que ella sospechaba que su padre iba después de cada conversación en persona que tenía con su hija; tenía una sala de billar al fondo, escondida detrás de una puerta de cristal, y unas pocas mesas para la distinguida clientela. Al entrar al comedor principal, notó que el hombre de las reservaciones no la había detenido. «Deben de conocerme lo suficiente como para saber que vengo con mi padre, pero no como para saludarme», pensó.

En la mesa más alejada del salón, le esperaba su padre. Antes solía pedir la mesa del centro, pero hace un año había tenido una escena con Esther en donde los dos habían explotado uno contra el otro, y desde entonces intentaban hacer sus sesiones apartados de los demás. Como siempre, vestía un traje elegante y costoso. Los años no parecían ser considerados con él, Esther sentía que cada vez que lo veía había envejecido diez años aunque sólo hubieran pasado unos meses, y tenía el mismo rostro de anciano malévolo propio de una novela de Charles Dickens.

—Hola, Padre —saludó Esther con frialdad, y se sentó frente a él.

—Esther —contestó él, con la misma frialdad.

—¿Cómo va la firma de abogados? ¿Aún tan lucrativa como siempre? —dijo Esther, con un poco de sarcasmo en su voz, tomó el menú sobre la mesa y aparentó que lo leía para no tener que ver a su padre a los ojos.

—Sí, nos va bien —dijo el padre de Esther, reclinándose sobre su asiento—, pero no me hago joven, ¿sabes

«Aquí vamos —pensó Esther—, así es como siempre empiezan sus discursos». Antes de que pudiera contestar, llegó el camarero, un sujeto delgado y alto con una terrible decisión estética sobre su rostro, a la cual muchos llaman bigote. Vestía de blanco y parecía ver a Esther con desdén, mientras que a su padre lo servía con un respeto inusual.

«Por eso mi padre siempre elige este lugar, es perfecto para intimidar a sus enemigos… y a mí», pensó.

—Buenas tardes, señor Pisiani —preguntó el camarero, dirigiéndose a su padre—, ¿puedo tomar su orden?

—Hola, Renoir, dame el filete de solomo y la trucha para mi hija —le contestó el padre al camarero, sin siquiera ver el menú. Pensó en pedir algo de beber suficientemente fuerte para poder tolerar aquella conversación, pero recordó que esa había sido una de las causas de la escena de hace un año—. De beber, sólo tráenos un jugo natural, no importa el sabor.

—En seguida —contestó el camarero, tomó el menú que estaba frente al padre de Esther y el que ella aún tenía en las manos, y se fue con la orden en mente.

«Como odio a ese tipo», pensó Esther.

—Podrías dejar que yo eligiera lo que voy a comer, ¿no crees? —contestó Esther—. Soy una adulta, padre.

—Una adulta que necesita de mi ayuda para pagar la renta —contestó su padre, dejando que se le escapara una risa de burla—. Vaya adulta que eres, no tienes un trabajo de verdad ni un hombre que te mantenga, además de mí, claro.

Esther se mordió la lengua para no tener que contestarle, estaba enojada y sabía que nada de lo que dijera ahora serían palabras sensatas. Sabía que su padre era viejo y que tenía una forma de ver el mundo un poco anticuada. Nada de lo que dijera haría que cambiara su manera de pensar, y claro, aunque Esther sí tenía trabajo, sentía que no podía hablar del blog Vixen con su padre, por razones evidentes.

—No necesito a un hombre en mi vida, Papá —dijo Esther, respirando hondo para calmarse—. Estoy feliz como soy.

—Vamos, Esther, dejé que persiguieras tus sueños de escritora e incluso te pagué la matrícula de una de las mejores universidades del país, y todo para que abandonaras tu carrera cuando las cosas se pusieron difíciles. —El padre de Esther se tomó una pausa y volvió a reclinar su asiento— . Sólo digo que tienes que tomar control de tu vida, no puedes dejar que yo pague todo.

—No pagas todo... —contestó Esther. Más tarde, se recriminaría por no haber sabido qué contestar.

—Sólo te pido, como un favor, que dejes que te presente a alguien.

—Uno de los hijos de tus colegas, presumo —contestó Esther con desdén, volteando su rostro para no tener que ver a su padre a los ojos.

—Cuando eres tan viejo como yo, no tienes oportunidad de conocer a jóvenes en otros lados —dijo su padre, soltando una risa al decir esto—. Lo traeré a la boda de tu prima Celia y luego tú decidirás si quieres salir con él o si prefieres seguir por tu cuenta.

—¿Puedo traer a Cindy?

El rostro de su padre se volvió agrio en cuestión de segundos. Esther sabía que su padre nunca había aprobado la amistad entre ellas desde que se conocieron en esos dos años de universidad. Claro que Cindy no estudiaba ahí y sólo iba en busca de estudiantes estresados que desearan liberarse de esa tensión. Sí, era evidente que su padre no tenía a Cindy en mayor estima.

—¿Y bien?

—Sí, puedes traerla —dijo su padre. Después de todo, era el patriarca de la familia y podía decidir sobre la lista de invitados de su prima Celia si quería.

Esther permaneció en silencio por un momento, dejando que su mirada se desviara hacia los cubiertos. A pesar de que su padre podía decir comentarios que la ofendieran a ella y a todas las mujeres del mundo, sabía que él la quería y las cosas que hacía eran porque se preocupaba por ella. Esther lanzó un bufido de frustración, sin saber si estaba frustrada con su padre o con ella misma, y se apartó el cabello de su rostro como hacía cuando se sentía nerviosa.

—Padre, lo siento si a veces soy testaruda —dijo por fin, rompiendo el silencio—, sé que sólo quieres lo mejor para mí aunque no queramos lo mismo.

—Somos dos testarudos —contestó el padre con una sonrisa—, viene en nuestra sangre.

—Ha sido difícil para los dos —dijo Esther—, desde que mamá…

—Sí, lo sé. —El padre de Esther bajó su mirada. El recuerdo de su mujer, que había fallecido hacía unos cinco años, seguía golpeándolo con la misma fuerza como si hubiera sido hace unos días—. No quiero que te sientas como yo me siento, Esther, la soledad puede ser muy dura.

El padre de Esther permaneció en silencio un segundo, como si el dolor del recuerdo de su esposa fuera un trago muy fuerte que digerir. Tras unos segundos, dijo:

—Aún extraño a Evelyn.

Como un instinto de protección, Esther alargó su mano y tomó la de su padre. Ambos compartieron una sonrisa triste al pensar en la misma mujer que había significado tanto en la vida de los dos. Unos minutos después había llegado la comida de las manos de un sorprendido camarero, que veía con los ojos abiertos de par en par como el señor Pisiani tenía una conversación normal con su hija.

8. EN LA BODA

Había pasado una semana desde el encuentro sexual más importante en la vida de Esther, y quien había proveído dicha fortuna no la había contactado. Sí, habían tenido aquel intercambio sensual de mensajes desde un número desconocido, pero desde entonces era como si él hubiese desaparecido. Esther se había sentido tentada a escribirle o a llamarle, pero no quería parecer desesperada, aunque era evidente que lo estaba. Le costaba pensar que Richard fuera la clase de hombre que se acostara con una chica para no volver a llamarla. Claro que la evidencia de sus intercambios sugerían lo contrario, pero Esther era la clase de chica que se enamoraba fácilmente, tal vez ingenuamente. Sin embargo, distrajo su mente al ir con Cindy a comprar un vestido dorado y ajustado para la boda de su prima Celia, uno que la Esther antes de ese encuentro no se hubiera atrevido a usar. Distrajo su mente durante las largas horas de inspiración frente a su computador, escribiendo relatos eróticos en lugares exóticos y posiciones sexuales que lo eran aún más. Distrajo su mente al asistir a la boda, al observar una hermosa ceremonia donde las damas de honor habían sido familiares más lejanos a Celia que ella.

Sí, distrajo su mente... o al menos, lo intentó. Pero las imágenes de Richard, cubierto en el manto de la oscuridad de su apartamento, penetrándola con una rudeza gentil que había hecho que temblara toda la habitación tanto como sus piernas, acaparaban toda su atención. ¿Dónde se había metido Richard? No pudo pensar en otra cosa mientras saludaba automáticamente a sus tíos y tías que no quería saludar, o mientras se presentaba a personas que no quería conocer, o mientras escuchaba la ceremonia que prefería haber evitado. Tenía la esperanza de que si pasaba por ese infierno, su padre dejaría de atormentarla con sus comentarios sobre la importancia de un hombre fuerte en su vida. «De acuerdo, éste es el plan —pensó Esther—: Iré a la fiesta, me presentará al hijo de su socio, hablaré con él un rato mientras que los padres discuten sus negocios, inventaré una excusa, sacaré a Cindy de ahí antes de que se ligue al padrino, y luego nos iremos de ese lugar».

La boda había llegado a su fin, y gracias a Dios, Esther detestaba todo sobre aquella situación: la gigantesca Iglesia de columnas de mármol, con sus techos pintados y altares modernos en los que había ido el dinero de los contribuyentes; los cientos de invitados, tanto parientes como amigos de la familia que rehuían de Esther por haberse negado a seguir las mismas vidas de quienes se habían formado en colegios privados y que rechazaban a quien no formara parte de su círculo clasista y un tanto "cultista"; los mayores, que nunca dejaban de ser mayores aunque Esther hubiera alcanzado la adultez hace tiempo y que no la considerarían como tal hasta que fuera ella quien estuviera vestida de blanco frente al altar; pero por encima de todo, Esther odiaba la noción de que toda mujer debía de casarse y vivir al servicio de un hombre, y de que la exploración de su vida sexual era un pecado. Y, tal vez, a una pequeña parte de ella le daba celos no ser quien se estuviera casando. «¿Por qué no había sido invitada a ser dama de honor?», siguió pensando Esther con amargura, pero era obvio que ya sabía la respuesta.

Había salido de la Iglesia y esperaba sobre la escalera y la alfombra roja a que llegara el taxi que había llamado. Ya le habían arrojado el arroz a los novios y se habían subido al auto con las latas colgando por detrás. Ahora todos los que habían asistido a la ceremonia buscaban sus autos en el estacionamiento y se tocaban la corneta unos a otros en medio del caos. El padre de Esther se había ofrecido a llevarlas a la fiesta, pero ella prefería ir por su cuenta para distanciarse lo más que pudiera de cualquier familiar. Cindy estaba a su lado y lucía espectacular con su vestido negro y sus tacones de planta roja. Esther sabía que era cuestión de tiempo antes de que familiares y amigos reunidos pegaran sus ojos a los atributos de Cindy. En efecto, un par de amigos del recién casado (la clase de amigos con cabellos lisos y hermosos, y cuerpos y rostros que los hacían ver como deidades divinas) pasaron a su lado, pasando sus miradas de arriba a abajo. Uno de ellos tenía una barba bien arreglada y estaba peinado hacia atrás, mientras que el otro era más grande y no tenía casi pelo en su cabeza. Y lo que ambos tenían en común era que parecían ángeles que se habían escapado de la Iglesia, y que ahora tenían ojos sólo para la mujer del vestido negro. Cindy soltó una risita y Esther un bufido.

—Vamos, ¿qué ocurre? —dijo Cindy, aún riendo.

—Siempre es igual —contestó Esther—. Si te soy honesta, envidio tu capacidad de atraer hombres. He ido a más de una boda y, sin importar lo mucho que me arregle, nunca llamo la atención.

Cindy pasó de soltar una risita a una carcajada. Esther lo tomó como una ofensa y giró todo su cuerpo para darle la espalda a su amiga, además de producir un sonido entre un gruñido y un bufido; la clase de sonidos que sólo Esther podía producir. Sin embargo, Cindy la tomó del brazo y la giró hacia ella nuevamente, aún sonriendo.

—Oh, dulce e ingenua Esther, a veces puedes ser tan adorable —contestó Cindy, posando su mano en la mejilla de su amiga—. ¿Acaso no te diste cuenta?

—¿Cuenta? ¿De qué?

—No me estaban viendo a mí, tonta —contestó Cindy.

Esther se ruborizó. No podía ser, ¿cierto? Ella no era la clase de mujer que atraía las miradas de los demás. Ni siquiera había ocurrido cuando había usado el corto vestido de Cindy la noche que había conocido a Richard en aquel bar. No, las chicas que llamaban la atención eran como Cindy... o como Marilyn.

Esther quiso contestar algo, pero no pudo. El taxi había llegado y Cindy ya se estaba acercando a él. Por el reflejo de la carcasa amarilla se observó a sí misma. El corto vestido dorado, la pequeña cartera roja de marca, sus ojos sombreados en un seductor maquillaje y su cabello liso y suelto. Era la primera vez que no llevaba el cabello recogido en una celebración formal. Era como si se le hubiera olvidado antes de salir hacia la boda, pero ella sabía que no había sido el caso. Ella se acordaba de haber estado en el baño de su apartamento, con Cindy a su lado maquillándose, y ella viendo su cabello a través del reflejo del espejo, igual que como hacía en ese momento en el reflejo de la carcasa del taxi, y al igual que en el baño de su apartamento, se veía a sí misma sonreír, con una confianza que sólo podría tener... «Marilyn», pensó Esther.

Con esta misma sonrisa, entró al taxi con Cindy y le dieron la dirección de la fiesta al conductor, quien era un hombre calvo y pequeño cuyo atributo más resaltante era su frondoso bigote. Cindy dejó su cartera dorada a un lado y se reclinó hacia atrás en su asiento. Esther continuaba pensativa, jugando con sus dedos y observando la nada a través del espejo del automóvil. Finalmente, se volteó hacia su amiga.

—Cindy.
—¿Sí?
—¿En verdad me estaban viendo a mí?

Cindy se acomodó al escuchar el tono de seriedad y un dejo de duda melancólica en la pregunta de su amiga. Cuando Esther usaba esa voz, Cindy cesaba con sus burlas y se convertía en una persona que nunca solía ser: una buena amiga.

—Esther, eres más hermosa de lo que crees, siempre lo has sido físicamente, pero a veces tu actitud... —contestó Cindy, y luego se interrumpió antes de decir algo de lo que se arrepentiría. Se tomó un segundo para pensar lo que debía de decir, y luego continuó—. No sé qué fue lo que te hizo Richard, pero desde que estuviste con él hace una semana has estado tan…

—¿Tan qué?
—Apacible —dijo Cindy tras pensar su respuesta—, o agradable. No lo sé, pero ésta es la clase de Esther con la que puedo tener una salida nocturna de chicas.

La última oración de Cindy cambió el humor de Esther completamente. A pesar de que podría sentirse ofendida por eso de que "ahora sí era una persona agradable", no podía sentir una especie de paz eufórica que la llenaba. Cindy era la clase de amiga por accidente, la que le agradaba mucho pero de la que no tenía nada en común, pero ahora había una clase de Esther que podía pasarla bien con ella, o tal vez una Marilyn.

El resto del viaje lo pasaron hablando sobre los chicos que estarían en la fiesta, sobre los que las habían ojeado frente a la iglesia y los que podrían encontrar en futuras salidas. No era la clase de conversación que Esther tendría, no era una discusión sobre las obras de James Joyce o de Tolstói, sino una conversación normal entre chicas sobre chicos, y había algo liberador en ello. Era como si Esther explorara un estilo de vida del que había rehuido desde que tenía memoria y que ahora aceptaba abiertamente.

Al llegar al sitio de la fiesta, las chicas se bajaron del taxi emocionadas por la noche que les esperaba. El lugar era un club del que casi toda su familia eran miembros, y del que consistía en varias instalaciones: tres piscinas, cuatro canchas de tenis, una de golf y su propio cine. Donde tenía lugar la celebración, era una explanada verde a la que se llegaba por un camino de piedra lisa iluminado por flores artificiales de color morado que le daban un aspecto mágico al lugar. El camino terminaba en un claro rodeado de árboles cipreses, en donde había un DJ y una pista de baile. A un lado, había un largo banquete con una barra para las bebidas y al menos 20 mesas con sus invitados sentados alrededor, y con decoraciones de claveles blancos y velas artesanales en el centro de los manteles blancos. Y lo más maravilloso de todo, es que Esther no había dicho ningún comentario sarcástico en todo ese tiempo.

Las primeras horas transcurrieron con normalidad para Cindy y de forma inusual para Esther, pues la estaban pasando bien. Habían bebido varios *shots* de tequila en la barra, habían reído de estupideces que no tenían sentido, habían bailado en la pista con las mismas figuras celestiales que se habían encontrado en las escaleras de la iglesia (y con el de la barba sexy, que era justo el que Esther quería). Sí, en contra de la frecuente ansiedad social y cinismo anti-romance que Esther sentía en cualquier tipo de reunión o fiesta, ella se estaba divirtiendo. Lo que las sacó de su trance fue cuando el DJ interrumpió una canción para anunciar que la novia arrojaría el ramo de flores. Casi instantáneamente, Cindy había desaparecido y vuelto a aparecer junto a la decena de chicas que se habían reunido detrás de la novia creyendo en la tradición de que serían las próximas en casarse. Esther sonrió al ver a su amiga siendo ella misma y se volteó para seguir en los brazos del hombre de la barba sexy cuyo nombre desconocía. «Y no tengo por qué saberlo, Marilyn no tendría por qué —pensó Esther—. No importará cuando lo tenga encima de mí esa noche».

Pero aprovechando que Esther no se había unido al resto de las chicas para atrapar el ramo de flores, su padre la llamó con señas a una distancia. Esther no buscaba evitarlo, y hasta se podría decir que su relación estaba en aguas tranquilas desde que habían hablado en el restaurante, pero ella prefería quedarse en brazos del desconocido que aún no había tenido el placer de haber conocido a fondo. Sin embargo, su padre sabía que ella lo había visto a él, así que decidió que lo mejor era atenderlo. Tomó al hombre barbudo por la camisa e hizo que se inclinara hasta que estuvieran mejilla con mejilla.

—Ya vengo— susurró Esther—. No te desaparezcas que aún tenemos una larga noche esperándonos.

Entonces Esther se separó de él, dejándolo con los brazos en los bolsillos de su pantalón y con una sonrisa de satisfacción en su rostro. Aquella capacidad de excitar a un hombre con sus palabras y el movimiento de sus curvas al alejarse a lo femme fatale la llenó de confianza y de un sentimiento de poder que nunca había tenido antes. «Me he convertido en Marilyn», pensó Esther, un poco feliz por su reciente epifanía y un poco feliz por los *shots* de tequila que había bebido.

Al llegar donde su padre, lo encontró extrañamente complacido. ¿Acaso había bebido más que ella? «No, padre nunca fue de emborracharse, a pesar de los gabinetes de whiskey que tiene en su estudio» Esther pensó, se paró a su lado con una sonrisa algo tonta y ambos vieron el espectáculo del ramo de flores.

—Te ves feliz, querida —dijo su padre—. Eso es algo nuevo.

—Me siento feliz —contestó Esther. En su mente, pensó que la vieja Esther hubiera reaccionado diferente al comentario de su padre, pero ahora, la chica que era se sentía feliz—. Me siento como si disfrutara de esto por primera vez.

—¿Las bodas? Has estado en muchas —dijo su padre, y Esther no contestó. Decidió entonces empujar un poco más—. Tal vez estés pensando en tener tu propia boda.

Por fin, tras mucha provocación, la novia lanzó el ramo de

flores. Cindy fue quien se lo llevó a casa, aunque no fue la primera en atraparlo. La pelea por algo tan tonto como el ramo se había convertido en algo digno de un programa de depredadores de Animal Planet, y Esther sospechaba que la gran determinación de su amiga no se debía tanto al alcohol, sino a su manera de ser y a sus deseos de casarse. Y esos deseos se manifestaron en un codazo "sin querer" hacia el rostro de la primera mujer que había atrapado el ramo.

—¿Ésa es Cindy? —preguntó su padre. Esther se avergonzó de su amiga y decidió no contestar para no darle una opinión aún peor de la que su padre ya tenía—. Bueno, es una chica con un gran… entusiasmo, a falta de una mejor palabra… ¡Ah, ahí está!
—¿Quién?
—El hijo de los Montiel, el que dije que te iba a presentar.
—Papá, por favor —dijo Esther, enrojeciéndose por un momento—. No es necesario. No te lo quería decir, pero ya conocí a… alguien…

Pero su padre la había ignorado completamente. Continuó gritando el nombre de Montiel hasta que alguien captó su atención. Esther se cubría el rostro con una mano, pero enseguida sintió un terrible escalofrío recorrerle la espalda.

—Ah, Richard, ¿cómo estás, muchacho? —saludó su padre.

«No puede ser, sería una casualidad muy grande», pensó Esther, quien no se atrevía a levantar la mirada. Sin embargo, ella sabía cómo funcionaba el destino y sabía lo que la esperaría al levantar los ojos y al observar al hombre frente a él. Mordiéndose la lengua, lo vio directamente a los ojos. Frente a ella, estaba un extraño que conocía muy bien, y que parecía tan impactada como ella.

—Richard, ¿conoces a mi hija Esther? —dijo su padre, presentando a dos chicos que no parecían capaces de pronunciar una sola palabra.

—En… encantado —dijo Richard al fin, tras unos segundos de silencio donde el padre de Esther pasaba su mirada de un muchacho a otro—. Tiene usted una hija muy hermosa, señor Pisiani.

—Y muy talentosa también —contestó el padre con una sonrisa—. De hecho, ¿por qué no se conocen mejor? Yo he de atender algunos asuntos con tu padre

El padre de Esther besó la mejilla de su hija para despedirse, pero ella seguía con los ojos abiertos de par en par, incapaz de expresar una sola emoción que no fuera sorpresa. Luego, le dio un apretón en el hombro a Richard y desapareció en medio de los invitados de la fiesta.

Ahí quedaron solos, Richard y Esther, encontrándose por primera vez desde aquella noche que habían compartido juntos. Richard llevaba el cabello corto, debía de habérselo cortado recientemente, y con su traje y camisa negra con su corbata roja, se veía… «Increíblemente sexy», pensó Esther, y luego se reprendió a ella misma por haber pensado en ello.

Richard había desaparecido, no la había llamado en una semana. Claro, su encuentro había sido sin promesas algunas y además «se ve increíblemente sexy... ¡Dios, Esther! ¡Contrólate!».

—Es bueno verte de nuevo, Esther —dijo Richard tímidamente. Parecía estar jugando con sus manos nerviosamente sin saber qué hacer.

Y Esther tampoco lo sabía. Por ello, dio media vuelta y corrió hacia cualquier lugar, lejos de aquella situación. Dejó de ser Marilyn y volvió a ser la chica llena de ansiedad social que controlaba su vida. Corrió por los jardines iluminados de púrpura, sin saber hacia dónde iba, sin saber si alguien la perseguía. Corrió, hasta llegar a un lugar donde no pudieran encontrarla: la piscina del club. La luz de un solo farol iluminaba el lugar, además de las luces integradas debajo del agua. A pesar de ser de noche, la piscina no estaba cubierta, y aquella imagen del agua siendo iluminada por debajo la llenó de paz o, al menos, la calmó un poco. Caminó hasta el borde de la piscina, donde se encontraban los trampolines, y se sentó donde empezaba el más pequeño de ellos. Entonces, puso su cabeza entre sus manos y pensó que lloraría, pero no lo hizo. Su mente era un caos en ese momento, y el caos empeoraría pronto, al ver a Richard acercarse a ella, parecía haber trotado hacia ella.

Al estar frente a frente, parecía que iba a decir algo, pero no sabía qué. Esther podía notarlo en su rostro, así que decidió ser la primera en hablar:

—¿Por qué no me llamaste?

—Esther…

—Estuve esperando a que me llamaras. Llevo toda la semana sin pensar en otra cosa… —dijo Esther, y enseguida se arrepintió de haber revelado ese detalle—. Yo… yo te estuve esperando…

Richard se acercó a ella con movimientos decididos. Esther le tocó el pecho, pero en seguida intentó apartarlo. Richard se acercó lo más que pudo y ella golpeó su pecho con sus dos manos de forma frenética hasta que él la tomó de los brazos para intentar calmarla. Esther sentía que estaba a punto de llorar, pero toda la emoción que parecía estar a punto de desbordarse se detuvo cuando Richard la besó en los labios. Fue un beso largo y tierno, lleno de una dulzura que Esther no sería capaz de olvidar. Cuando se separaron, Esther lo miró a los ojos, y estos parecían expresar un sentimiento de humildad.

—Lo siento, Esther —dijo Richard—, debí llamarte, pero no sabía si era eso lo que debía hacer, o si eso querías.

—¡Claro que quiero eso, Richard! —gritó Esther, y volvió a separarse de él. Caminó en círculos por un momento, para intentar calmarse—. Es lo que toda chica quiere.

—No todas, Esther. No sabía si eso era lo que… Marilyn quería.

Esther detuvo su caminar y la emoción que parecía haber estado a punto de desbordarse de ella desapareció momentáneamente. Observó a Richard a los ojos, quien parecía estar en un estado de humildad frente a ella. Jugaba con sus manos, igual que como ella hacía cuando estaba nerviosa. «Marilyn», pensó Esther. Éste era el momento que estaba buscando para preguntar lo más importante, lo único que realmente importaba.

—¿Quién eres, Richard? —preguntó Esther, dando un paso hacia él.
—¿Qué quieres decir?
—¿Quién eres? —preguntó de nuevo, y dio un segundo paso hacia él.

Richard permaneció en silencio, pensando la respuesta a esa pregunta, se volteó, dándole la espalda hacia Esther, y ella pudo notar que posaba su frente en una de sus manos. Finalmente, se volteó y la observó a los ojos:

—Me llamo Richard Montiel y soy una persona normal. Tengo 28 años y trabajo en una compañía que detesto, aunque escribo cuentos cortos en mi tiempo libre. Amo a mi gato, Fuzzy, más que a nada en el mundo, no he tenido una relación en un año, desde que rompí con Ángela, mi última novia. Escucho Joy Division todos los días, hago ejercicio como excusa para estar solo y poder pensar. No le pongo azúcar al café, ni a nada realmente. Y mi mayor placer culposo es leer las historias de una chica llamada Marilyn, escritas por una autora llamada Esther Pisiani.

Esther permaneció en silencio por un segundo, hasta finalmente soltar una pequeña risa:

—¿Fuzzy?

—Mi sobrina le puso el nombre —contestó Richard con una incómoda sonrisa—. Tiene sólo diez años, no la juzgues.

—Creía que eras la clase de persona que tendría un perro en su casa, no un gato, y menos uno llamado Fuzzy —dijo Esther con una sonrisa. Casi enseguida, empezó a sentirse melancólica—. De hecho, no sé mucho de ti...

—Creo que te debo una cita —dijo Richard con una sonrisa triste.

—¿Cómo me encontraste? —preguntó Esther de repente—. No tengo mi nombre ni mi foto en mi perfil de Vixen.

—Es el siglo veintiuno, Esther, es muy fácil encontrar a alguien a través del internet —dijo Richard, bajando su cabeza avergonzado—. Pero no, no te encontré por redes sociales ni te estuve acechando... aunque eso no significa que no lo intentara.

—¿Quieres decir que todo fue... fortuito? —preguntó Esther, con una mirada de incredulidad en su rostro—. ¿Aquella primera noche en el bar?

—Estabas muy tomada, Esther. Durante la conversación, dijiste algo sobre tu blog en Vixen, sobre las aventuras de Marilyn y... sobre cómo deseabas que tu vida fuera como la de ella. Así que sí, todo fue... fortuito.

Esther permaneció en silencio. Lo único que se escuchaba era la música de fondo, las conversaciones muy lejanas a ellos y las cigarras que le daban vida al ambiente nocturno. Las piezas del rompecabezas empezaban a encajar en su sitio. En las aventuras de Marilyn, los hombres misteriosos llenaban su vida. No llamaban, sólo se aparecían y le daban el mejor sexo de su vida. No llamaban…

¿Qué ocurriría ahora? ¿Acaso Esther había condenado la mejor relación sexual que había tenido en su vida? ¿Había matado el misterio y la magia que rodeaban al extraño que era Richard para convertirlo en… sólo Richard?

Ambos se vieron a los ojos. Ambos entendían lo que el otro estaba pensando. Esther no sabía qué hacer, se tomó del hombro desnudo y miró a un lado, casi triste.

—Y ahora… ¿qué hacemos?
—Cogemos.
—¿Qué?

Pero Richard no repitió lo que dijo, dio varios pasos al frente y la tomó de la cintura con un brazo. Esther parecía atónita ante la brusquedad de sus movimientos, pero se dejó llevar cuando Richard la empezó a besar con fuerza. Sus brazos habían quedado entre ella y Richard, suspendidos en el aire y sin saber qué hacer, pero al perderse en el sabor de los besos de su pareja, poco a poco los fue deslizando hasta abrazar a Richard. A pesar de que los tacones hacían que fuera más alta que él, la pose en que la había tomado para besarla hacía que aquel momento fuera perfecto.

«Cogemos —pensó Esther, perdiéndose en el placer del momento y poco a poco transformándose en Marilyn—. Supongo que no se referirá a ahora mismo, tendremos que intercambiar números telefónicos y...». Esther interrumpió su línea de pensamiento al sentir que la mano de Richard que la sostenía a ella por la cintura, se deslizó hasta su espalda y tomó el cierre de su vestido.

«Oh, sí se refería a coger ahora mismo». Esther sentía que debía detenerlo, si alguien veía a Richard, sería un pequeño momento vergonzoso para él, pero estando todos los amigos y familiares de Esther en el evento, sería una catástrofe para ella.

—Richard, no creo que... —intentó decir Esther cuando separaron sus labios, pero se detuvo al sentir la razón por la cual Richard se había detenido, y eran los besos húmedos y lentos que le daba en su cuello—. Richard...

A pesar de su revelación sobre la persona que era, Richard volvía a ser el extraño del bar, el extraño de aquella noche llena de placer, y Esther no podía negarse a la lujuria de aquel hombre. O mejor dicho, Marilyn no podía. En ese momento, Esther pensó en lo incorrecto de la situación, en la vergüenza que le traería a ella y a sus familiares, en especial a su padre, y en cómo podría arrepentirse de esto por el resto de su vida. Pensó en todo esto y también en: «Me importa un carajo».

La mano de Richard que llevaba tiempo apretando el cierre del vestido dorado de Esther entre su pulgar y su índice empezó a descender suavemente, pero al llegar lo más bajo que pudo, no se apresuró en quitarle el vestido. Mientras seguía besándola en el cuello, pasó su mano por la línea entre sus bragas de encaje y la piel de su espalda, y luego, con un dedo, siguió su camino arriba, dando un escalofrío de placer a Esther. Sintió como todo su cuerpo respondía ante aquella acción, en especial porque esa noche había decidido usar un sostén sin sujetadores en su espalda, por lo que su pequeño gemido no fue interrumpido en ningún momento. El corazón le empezó a latir con fuerza, el de los dos, de hecho, ya que Esther podía sentir como palpitaba el de Richard al poner su mano sobre su pecho. Le excitaba que Richard fuera lento y que jugara con ella, pero al tocar los musculosos pectorales del extraño, la invadió un deseo de saltarle encima ahí mismo y arrancarle toda la ropa. «Tranquila, chica —pensó Esther—, aún falta. Tienes que resistir un poco más».

Pero la resistencia de Esther ante la tentación empezó a quebrarse cuando Richard dejó de jugar con su espalda y empezó a meter su mano dentro de sus bragas. No fue de una hacia su sexo, sino que jugaba con quitarle su ropa interior. A veces se la bajaba un poco y luego lo que hacía era subir sus dedos a la nueva área que se exponía ante él. Así siguió, hasta por fin agarrarle el culo. En ese momento, Esther apretó con fuerza la camisa debajo del saco, y si le hacía daño a Richard no le importó. Estuvo a punto de soltar un gemido que podría haberse comparado con el aullido de un lobo, pero logró detenerse a tiempo al taparse la boca con la mano que tenía libre.

—¿Qué ocurre? —preguntó Richard, sin dejar de besarle el cuello.

—Tenemos que tener cuidado. Si hacemos mucho ruido, llamaremos la atención —contestó Esther. En ese momento, Richard pasó su lengua por lo largo de su cuello y Esther apretó sus piernas—. Si nos vieran, sería el fin de mi vida social y familiar.

—Nadie vendrá a la piscina, no te preocupes —dijo Richard, y mientras mantenía una mano en su espalda jugando a si le quitaba las bragas o no, la otra empezaba a avanzar por el abdomen de Esther—. Además, no te he dado razones para que hagas ningún sonido… aún. Tendría que hacer algo como esto primero.

Antes de que Esther pudiera preguntar a qué se refería con "esto" (en toda su ingenuidad, sin esperarse lo que ocurriría), Richard terminó de quitarle las bragas con su mano izquierda, y la derecha, que había estado moviéndose furtivamente por el abdomen, llegó hasta el sexo de Esther. Gentilmente, pasó su mano por los bordes de su vagina sin llegar a tocarla a profundidad y Esther soltó el gemido que había procurado no soltar. Richard jugó con ella, aún con su juego de provocación que a la vez frustraba y excitaba a Esther, hasta finalmente separarse de ella, lamer los dedos de su mano y dirigirse nuevamente a su sexo. Entonces, empezó a masturbarla, con un ritmo que era suficientemente fuerte para darle placer, pero no tanto como para insensibilizarla; suficientemente rápido para que pudiera sentirlo, pero no tanto como para hacerlo brusco. Era... perfecto, la masturbada de manera perfecta, los dedos de Richard hacían magia con ella nuevamente, sabían cómo separar sus labios inferiores, cómo acariciar cerca del clítoris y tentarlo, cómo mantenerla húmeda usando los fluidos que salían de ella o su propia saliva, y cada vez que mojaba sus dedos con su lengua, Richard la probaba y le daba una mirada que decía "Me encanta como sabes". Claro, eso hacía que Esther no necesitara de la saliva de Richard para mantenerse húmeda.

Sin embargo, a pesar de las altas cantidades de placer que recibía de Richard en aquel momento, que tal vez fue el alcohol que había ingerido o la excitación de lo prohibido al poder ser descubiertos lo que hacía que esta experiencia fuera mejor que la de la última vez, Esther tuvo que detenerlo. Había pensado en la mágica noche con Richard toda la semana, sin haber logrado concentrarse en otra cosa, y recordaba que al igual que la primera vez en que se habían visto, era Esther quien recibía aquellos gestos tan considerados de Richard sin recibir ninguna recompensa a cambio. Había decidido que para la próxima vez, si ésta ocurría, ella intentaría tomar el control, y esta vez había llegado.

Separó a Richard de ella al tomarlo de las mejillas y besarlo con fuerza hacia atrás, dejó que sus bragas terminaran de caer por sus piernas hasta el suelo, y con un gesto sensual, las apartó con el tacón de su zapato. Procedió a sentarse sobre el trampolín bajo de la piscina, dejando ver las curvas de su cuerpo al hacerlo con lentitud. Abrió sus piernas hacia un Richard que la observaba con una sonrisa expectante, enseñado su sexo hacia él, y con una mano le hizo un gesto para que se acercara. Richard dio unos pasos al frente, esta vez con cautela, hasta tener su pantalón frente a su rostro. Esther pasó sus manos por sus piernas, encima de la ropa, hasta llegar a una elevación dura que conocía muy bien. Esther abrió su boca, mostrando todos sus dientes y simulando un gesto de sorpresa placentera al sentir la erección de Richard. Sin demorarse mucho en la parte de la provocación, ya que Esther no era tan cruel como Richard, pasó a desabotonar el pantalón de su traje. Bajó su cierre y, sin quitarle el pantalón, dejó que su mano explorara el cuerpo de Richard. Sentía como el pene pulsaba al lado de su mano cada vez que ella pasaba cerca, como llamándola a que iniciara su trabajo. Esther se divirtió tentándolo, hasta por fin quitarle el pantalón y la ropa interior. Richard se estremeció, sintiendo el mismo escalofrío de placer que Esther había sentido. Ella no pudo notarlo, pues tenía frente a ella un asunto que reclamaba toda su atención: el miembro erecto de Richard se alzaba en toda su majestuosidad frente a ella, como si fuera un rey; y bien podría serlo con el tamaño que tenía. «Dios, no recordaba que fuera tan grande —pensó Esther—. Tal vez lo estoy excitando tanto que lo hago crecer más de la cuenta». Y claro, ese pensamiento la excitó a ella también. Como si se presentara a su nueva majestad, le besó el miembro con dulzura, sin siquiera tocarlo con su mano primero.

Richard parecía retorcerse ante el beso de Esther y ella lo encontraba adorable. «Es como si se avergonzara de lo fácil que se excita —pensó Esther—. Tal vez por eso se dedica tanto a darme placer en vez de a recibirlo. Es una pena… debería estar orgulloso de ello». Entonces, Esther se aseguró de quitarle la pena como pudiese. Pasó sólo un dedo por su miembro, empezando por la base, pero antes de llegar a la punta, éste último se había alzado en una gran pulsación. Esther sonrió ante ello y lo tomó con fuerza más arriba de la base, justo por debajo de la cabeza rosada. Desde ahí, le movió el prepucio hacia abajo hasta que su pene quedó expuesto ante ella. Richard continuaba retorciéndose de placer, como si estuviera perdiendo el control.

«Tal vez no sea vergüenza por lo fácil que se excita, sino por una bestia que tiene escondida adentro. Si ese es el caso, quiero que pierda el control». Lentamente, Esther empezó a masturbarlo, frotando su pene de arriba a abajo. Esther nunca le había dado una mamada a nadie, aunque no porque no lo hubiera intentado, ella había tenido la extraña particularidad de conocer a hombres que no disfrutaban de ello, que eran tan raros como unicornios. Y a pesar de que ésta sería su primera vez, se sentía confiada de que lo haría bien. Después de todo, ¿qué tan difícil podría ser?

Al cabo de unos segundos, empezó a tentarlo con su lengua, dando pequeñas lamidas a la punta. Richard no parecía verla a ella, sino que tenía la vista puesta en el cielo, como si ver aquella escena liberaría al extraño de su control. Esther lo tomó como un reto, y tras una segunda lamida que empezó por los genitales de Richard y que llegó hasta la punta de su miembro, se lo metió completamente en la boca. Esther sintió el miembro caliente en su boca, a pesar del frío que hacía aquella noche. Dentro de su boca, Esther continuó pasando su lengua por él como podía, y movía sus mejillas para darle una sensación de succión al miembro de Richard. Entonces, separó un poco la boca de la cabeza, dejando un rastro de semen que hilaba entre sus labios y la punta.

Esther dirigió la mirada arriba para ver la reacción de Richard. Esta vez, él no observaba las estrellas, sino que la veía directamente. No con una sonrisa o con placer. No, esta vez, había algo que brillaba en sus ojos, una lujuria desenfrenada que Esther ya había conocido antes. Se había liberado el extraño.

—¿Te gus…? —intentó preguntar Esther, pero rápidamente fue callada. Richard la había tomado del cabello con fuerza y había empujado su miembro hacia la boca de ella. Esther abrió los ojos de par en par al sentir como ahora como el pene le llegaba a la garganta. Instintivamente, intentó separarse, pero Richard se aferró con fuerza a ella y continuó penetrándola con la mayor profundidad de la que era capaz, sin poder detenerse. Esther sentía que su boca se llenaba de fluidos y empezaban a brotar de su boca para caer al suelo. Richard aún no acababa, pero era capaz de producir suficiente semen para hacerla sentir llena. Eso, o era el miembro que cada vez iba más profundo que le quitaba todo el espacio vacío dentro de ella. Esther empezaba a sentir arcadas y Richard no se detuvo hasta que Esther le dio unas palmadas en un muslo, en señal de que se tenía que detener. A pesar del trance en el que estaba, Richard se calmó, soltó su cabello castaño y la dejó respirar. Esther jadeaba a su lado, con el miembro erecto de Richard pulsando de placer, llamándola para que continuara.

—Lo… lo siento —dijo Richard entre jadeos, pero Esther le apretó una pierna en un extraño intento de decirle a Richard que se callara y que, aún más extrañamente, él había entendido. Tras recuperar su aliento, Esther subió la mirada y dijo:
—Sigue.

En seguida, el extraño dentro de Richard volvió a asumir el control y empezó a penetrar la boca de Esther con fuerza. Ella se aferraba a su espalda, a su camisa y a los pasamanos de metal que daba al trampolín, el cual estaba helado. A pesar de que aquel sentimiento de arcadas no era algo que Esther disfrutara, sentía que era algo que Marilyn podría apreciar. Además, no olvidaba su promesa de ser ella quien le diera placer a él, aunque en aquel acto de sexo oral parecía que era ella quien perdía el control ante los bruscos movimientos del miembro de Richard, que cada vez golpeaba con más fuerza la garganta de Esther, pero ella hacía lo posible no sólo para aguantarlo, sino para incluso intentar succionar y lamer su pene. De vez en cuando, se separaba de él para masturbarlo con rapidez, sin delicadeza alguna, y luego volvía al ataque. Pero cada vez que ella volvía a meterlo en su boca, perdía el control ante Richard, y tras ir cada vez más rápido y fuerte, finalmente sintió que su boca se llenaba de líquido blanco hasta desbordarse de ella. Esta vez, Richard sí había acabado, y lo certificaron los gruñidos de placer que se habían convertido en gemidos. Esther probó su semen en forma de orgasmo, era un poco salado y dulce a la vez, pero sabía muy bien (al menos, eso pensaba ella, pues no tenía con qué compararlo). Esther pensaba que lo más seguro es que a Richard le gustaba que ella se lo tragara, como ocurre con muchos hombres, así que así lo hizo y le mostró la boca abierta para que él pudiera atestiguarlo. Richard dio unos pasos hacia atrás, aturdido. Finalmente, se inclinó, hasta sentarse en el suelo al borde de la piscina.

—Eres… increíble —dijo Richard, tras recuperar su aliento.

—Podría decir lo mismo —contestó Esther, pasando su mano por la comisuras de sus labios, limpiando el líquido que le quedaba

—Tienes que dejar que te recompense por ello.

—Pues, si te sientes tan altruista…

Esther observó a Richard con una expresión coqueta en su rostro. Él no podía devolverle la misma mirada, pues una vez más observaba el cielo estrellado, como si pensara qué hacer… o como si pensara en si debía controlarse o no. «Seguro recurre al sexo oral —pensó Esther, con el argumento de que Richard no podría acabar una segunda vez tan pronto—. Claro que no me quejaría… lo hace divino».

Pero la chica que ahora era Marilyn se llevó una nueva sorpresa aquella noche, una de la que Esther no hubiera sido capaz de seguir, pero la nueva persona que era sí. Richard por fin se levantó y se empezó a desvestir, quitándose el saco primero, aflojándose la corbata después, y finalmente se desabotonó la camisa con la paciencia y el cálculo de un cirujano. Se quitó las medias y los zapatos, y los pantalones que Esther ya había tenido la sutileza de haber bajado. Lo único con lo que permaneció fue con su ropa interior de color negra, la cual tuvo que subirse tras la mamada que había recibido. Él lo hizo todo con una tranquilidad que cualquiera hubiera considerado perturbadora excepto Esther porque ella sabía de quién se trataba. Richard avanzó hacia ella e hizo un ademán con la mano para ayudar a levantarla. Como el vestido ya tenía el cierre abajo, fue fácil quitárselo. Sin que Richard se lo pidiera, ella se quitó las copas y los tacones, quedando sólo con su ropa de interior de encaje, igual a Richard. El frío de la noche hizo que sus pezones se erigieran y eso hizo que su busto pareciera más grande lo que era. Lo sabía, pues Richard no parecía apartar su mirada de ningún centímetro de su figura, como si ella fuera a esfumarse pronto y él no quisiera perderse nada del hermoso cuerpo desnudo de la mujer ante sí.

—En verdad te gusta que estemos desnudos en lugares públicos —dijo Esther en tono burlón.

Richard no contestó ante la broma de Esther, ni siquiera sonrió, sólo la acarició gentilmente en la mejilla. De no ser por el silencio determinante de Richard, ella pensaría que no estaba lidiando con el extraño, pero si tuvo dudas de ello, se le fueron cuando él la tomó por las piernas para levantarla, quedando ella suspendida en sus brazos horizontalmente. Esther mostraba una expresión de terror excitante en su rostro, aunque no fue capaz de producir sonido alguno. Richard tan sólo la cargo hasta el borde de la piscina y la arrojó al agua.

En ese momento en que Esther se hundía en el agua hasta llegar al fondo, sintió que todo rastro de la mujer que había sido antes desaparecía. Un flujo de burbujas iba haciendo un camino por donde ella pasaba hasta tocar el fondo de baldosas azul marino iluminado por las luces integradas de la piscina. En ese momento sabía que no había retorno para ella, estaba cometiendo un pecado sexual, algo prohibido para las personas de su estatus. Era algo más que sexo en la fiesta después de la boda, era entregarse en mente y cuerpo a fantasías de las que sólo escribía para empezar a vivirlas, era dejar las cadenas de lo pudoroso y lo correcto para poder alcanzar un especie de nirvana sexual en donde Esther pudiera sentirse como ella siempre había querido sentirse, y eso le encantaba.

Miró hacia arriba, aún conteniendo el aire. Richard la veía desde arriba, esperando a que ella emergiera, y así lo hizo, dejando que el frío de la noche la golpeara en su rostro mojado para luego expandirse por el resto de su cuerpo. Se secó los ojos y observó a Richard, aún atónita ante lo que había sido. Él la continuaba observando como lo había estado haciendo, sin inmutarse ante las reacciones de ella. Tan sólo dio un paso al frente y se hundió como una pesa al agua. Tras unos segundos en los que Esther intentó mantenerse a flote, Richard por fin apareció. En seguida, empezó a besarla con intensidad, dejándola sin aire. Ella no tenía por qué preocuparse por la diferencia de tamaños, pues al flotar eran iguales; no tenía por qué preocuparse por flotar en el agua, pues se aferraba a él y dejaba que la cargara a ella; no tenía por qué preocuparse del gélido viento y agua que la congelaban, pues él estaba para darle calor; no tenía por qué preocuparse con darle placer, pues ahora el extraño era quien tenía el control.

Entre beso y beso, Richard fue llevándola hasta el borde de la piscina, donde los esperaba la escalera. Pero claro, ellos no estaban listos para salir aún, pues sus labios aún estaban en una batalla por encima del amor y la guerra. Con sus lenguas como armas, intercambiaban golpes, explorándose el uno al otro, asegurándose de marcar un terreno que ahora era de ellos. Finalmente, Richard empezó a besar el cuello de Esther, en señal de que estaba listo para empezar lo que ambos querían empezar. No sabía en qué momento Richard había sacado su miembro, pero ahora éste estaba rozando por encima de la ropa interior de Esther. A pesar de la masa de agua entre ambos, ella aún podía sentirse excitada, y el frío servía para darle una excusa de ser calentada. Y cada vez que él la acariciaba por encima de su sexo, ella se estremecía, pegando su espalda a las baldosas de las paredes de la piscina.

—Richard… —alcanzó a decir Esther, pero sentía que la voz se esfumaba antes de salir de su garganta. Tras varios intentos de recuperar suficiente aliento para decir algo, tomó su cabeza entre sus manos y la puso frente a la de ella. Con la mirada fija en él, le dijo en un tono cortante—. Házmelo duro.

Claro, eso activó todos los sentidos que poseía Richard para darle placer a la mujer frente a él. Si se había quedado sin ganas tras la acabada en la boca de Esther, las recuperó en un instante. Con este estímulo hirviendo en cada parte de él, la colocó de espaldas a la piscina. En seguida Esther supo que ocurriría, así que se aferró con fuerza a los pasamanos de metal. La única vez que Richard fue gentil en aquel momento fue al mover las bragas de Esther de lado para dar paso a su miembro. Primero, la penetró lentamente para que ella se acostumbrara a él, pues a pesar del frío de aquella noche, parecía estar tan grande como siempre, si no más. Pasó su pene por entre sus paredes vaginales y Esther lo recibió apasionadamente. Se aferraba de vez en cuando al cuerpo de él para que se acercara a ella, pero cuando empezaba a penetrarla nuevamente, Esther sentía los escalones golpear su espalda, y entonces tenía que aferrarse otra vez al pasamanos. Richard continuó con su avance gentil sólo lo suficiente para que Esther estuviera cómoda, y sólo entonces fue que decidió dejarse llevar igual que ella lo había estado haciendo hasta ahora.

Richard empezó a cargar contra ella con rapidez. Como ella flotaba en el agua, el acceso hacia Esther era más fácil para él, lo cual hacía que se sintiera muy bien. Con cada golpe, ella chocaba a más contra los escalones, pero no le importaba. Aquel sentimiento que producía una cogida tan primal, tan instintivamente animal, la dominaba por completo. En su frenesí sexual, no podía sentir dolor, sólo existía el placer, y existía en grandes cantidades. Con cada penetración, Esther se sentía más llena y gemía acorde a los estímulos que experimentaba. No se restringía, sino que dejaba que su voz se escuchara por toda la piscina. No le importaba quién podría estar cerca, tan sólo quería que la continuaran cogiendo tan salvaje como ahora.

—Por detrás —susurró Esther en el oído de Richard cuando no pudo más en aquella posición. Parecían estar en sintonía, pues él no necesitó más información que eso. Sacó su miembro y Esther sintió como le daba una vuelta grácil hasta quedar de frente a la escalera. Una vez más, se aferraba al pasamanos de la escalera, aunque esta vez no podía ver la mirada determinada de Richard que la observaba como si fuera una máquina sexual, pero en cambio, podía sentirlo.

Esta vez, no empezó despacio, sino que continuó con la misma intensidad en la que lo había dejado. Esther sentía como todo su cuerpo se sacudía cada vez que era penetrada, y hacía lo posible para sacar el culo hacia atrás. En aquella posición, y con Esther flotando en el agua, el miembro de Richard frotaba justo en el punto exacto, y como parecía ser una favorita de Richard (a juzgar por cómo se movía), él empezaba a ir con una velocidad increíble. Esther pensó que a ese ritmo no tardaría en acabar nuevamente. Sin embargo, se mantuvo constante, sin perder nunca la rapidez ni la fuerza con la que lo penetraba. Esther intentaba aferrarse como podía al pasamano, al borde de la escalera y a uno de los escalones, sentía que sus ojos se ponían en blanco, acabaría pronto si él continuaba con aquel ritmo.

Pero finalmente, Esther escuchó las palabras que ansiaba tanto escuchar, las únicas palabras que podrían liberarla de aquel trance de lujuria en el que se encontraba. Con un gruñido que alcanzó a sobrepasar los gemidos de Esther, Richard intentó decir:

—Estoy a punto de acabar.

Otra persona no hubiera entendido lo que él quiso decir, pero Esther pudo. Sentía que ambos cuerpos habían funcionado al unísono, como una máquina perfecta, y ahora acabarían igual. Aun cuando no era físicamente posible, Esther y Richard continuaron haciendo el amor en aquella posición con mayor intensidad. La rapidez y la fuerza, la forma en que su pene se sentía entre sus piernas, entre sus muslos, en su vagina… Esther sintió la misma potencia que había sentido en su boca. Un flujo de semen explotó dentro de ella, llenándola por completo. No pensó en las implicaciones de aquello y no le importó, quería que él acabara dentro de ella, quería sentirlo.

Un gemido de Richard le indicó a ella que había acabado aunque ella ya lo sabía. Luego él se recostó encima de ella y Esther pensó que se desmayaría sobre su espalda. Tras unos segundos, Richard soltó unas risas que Esther le siguió.

—Esto es una locura —dijo él finalmente—. No puedo creer que hayamos hecho esto.

Richard la besó con gentileza en los labios y luego la abrazó por detrás. Esther recibió aquel abrazo con una sonrisa, pero si estaba en medio de un momento romántico, no era capaz de asimilarlo tras el placentero encuentro que acababan de tener. Tras un momento, ella se apartó para que él pudiera salir de la piscina. La espalda desnuda de Richard al subir por la escalera de la piscina hizo que Esther quisiera hacerlo de nuevo. Cada parte de ella, desde los hombros hasta el culo, parecían estar definidos a la perfección. «¿Cuánto tiempo pasa Richard en el gimnasio?», pensó Esther, mordiéndose el labio.

—Iré por mi auto, tiene calefacción y podemos secarnos ahí —dijo Richard, una vez que sus pies salieron del agua. Caminó hasta donde estaba su ropa y usó su camisa para intentar secarse el cuerpo. En toda esta acción, Esther no pudo dejar de ver el abdomen perfectamente definido de él—. Puedes usar mi camisa para secarte, mientras que yo busco la manera de sacarnos de aquí.

Richard se vistió con los pantalones, el saco, las medias y los zapatos, dejando la camisa mojada en el suelo a su lado. A pesar de que hizo lo posible para aparentar que estaba vestido, era evidente que no tenía nada debajo del saco. Y durante todo ese tiempo en que Richard intentó esconder su cuerpo, Esther pasó los ojos por cada pedazo de piel expuesta que podía encontrar. «Dios, ¿por qué sigo tan caliente? —pensó Esther—. Creí que lo normal era una cogida por encuentro y listo, quedaría satisfecha, pero siento que necesito más, que he de ir a otros lugares y tener otros encuentros como éste».

Esther cerró los ojos, pensando en todo lo que había pasado con una mente clara, pero no tenía remordimiento alguno. Pensó en su más reciente encuentro sexual y no pudo sino esbozar una sonrisa. «Soy las aventuras de un personaje ficticio que yo creé, soy las fantasías que pasé tanto tiempo escribiendo y soñando, soy… soy ella».

—Te buscaré y puedo llevarte a tu apartamento —dijo Richard. Antes de irse, pasó una mano por su cuello, como avergonzado de lo que diría a continuación—, o puedo llevarte a mi casa.

—No me molestaría ir a tu casa —contestó Marilyn a través de Esther, con una sonrisa—. Claro que espero que aún tengas energía para seguir toda la noche.

9. LOS CUATRO

Era casi las doce del mediodía cuando Esther llegó a su apartamento. Aquella noche había sido fenomenal, y Richard se había asegurado de que llegara sana y salva. Ahora, lo único que ella quería hacer era quitarse la ropa, darse una ducha, y dormir todo el día.

Al entrar a la sala principal, encontró a Cindy recostada sobre el sofá. Ella leía una revista de moda parisina y chismes de celebridades americanas, y al ver a Esther entrar por la sala, saludó con una sonrisa.

—¿Cómo está la dama de la noche? —preguntó, con una sonrisa—. Imagino que todas esas posiciones deben de haber contado como la sesión de yoga semanal.
—No tienes ni idea, siento que mi cabeza va a estallar —contestó Esther, y enseguida fue hasta su cuarto a cambiarse.
—Era más divertido cuando te avergonzabas de tener sexo —gritó Cindy desde la sala—, o al menos cuando te avergonzabas de que yo cogiera.
—No volverá a pasar, amiga —contestó Esther.

Después de un rato en que cambió su vestido nocturno por unos cómodos shorts rosa y un top negro, volvió a la sala de estar y se quedó un rato en el marco de la puerta, haciendo gestos y ademanes un tanto felinos

—Soy una nueva Esther, una depredadora sexual en busca de mi próxima presa.

Cindy se incorporó en su asiento y sonrió al ver las poses juguetonas de su compañera de habitación. Esther se acercó hasta ella y se arrojó sobre su amiga, quien aún continuaba riendo, e hizo como si la atacara. Finalmente, Cindy la alejó a base de golpes con una de las almohadas de bordes dorados del sofá.

—¿Cuál es tu problema? —preguntó Cindy, en modo de broma—. Me gusta esta Esther.
—¿Y qué hay de ti, querida? —Esther se acurrucó al lado de Cindy, observándola desde abajo, boca arriba—. ¿Quién fue el afortunado que pudo tener una noche con la misteriosa y seductora Cindy?

Cindy pasó de ser risas a fruncir el ceño, y tras pensar unos segundos en la noche anterior, hundió su rostro en la misma almohada que había usado para defenderse de los ataques de Esther.

—¿Te acuerdas del pelón fortachón, el que estaba con el de la barba, y que eran increíblemente sexy?
—Oh, querida, ¿qué ocurrió?
—Estaba casado —dijo Cindy, soltando el cojín por un momento—. Resulta que su esposa estaba de viaje y llegó esa misma noche para sorprenderlo. Y, bueno, fue ella quien quedó sorprendida, claro.

Esther pasó una mano por el cabello de Cindy, mientras que ella retorcía las puntas de las almohadas.

—Creo que lo peor de todo es que no pudimos hacer nada. Siento como si llevara años sin follar, mientras que tú vives una fantasía sexual intermitente.

—¿Intermitente?

—Palabra del día. Significa que sigue indefinidamente.

Esther sentía pena por su amiga Cindy, por lo que no quiso corregir la definición de la palabra "intermitente", y en lugar de eso, tomó su cabeza entre sus manos. Se le ocurrió que podría incluirla en sus planes de la tarde y suprimió una risa ante este pensamiento. Ésta sería la primera vez que Esther tenía planes, y que tendría que meter a Cindy en ellos.

—Si quieres, puedes venir al puerto con nosotros, así podrías conocer a mi reciente adquisición —dijo Esther, aún acariciando el cabello amarillo de Cindy—. Richard y yo tenemos pensado probar un café que se encuentra por la zona.

—Oh, no. No estoy tan desesperada como para sostener la lámpara de ustedes —respondió Cindy, y en seguida se levantó del sofá y caminó en dirección a su cuarto—. Además, acaban de verse esta mañana. Dense algo de espacio.

—No tiene que ser así, Cin. Puedo llamar a Richard y pedirle

113

que traiga un amigo que nos haga compañía.

El silencio fue respuesta suficiente para Esther. Aunque, tras unos momentos, Cindy salió de su habitación, aún con una expresión de amargura en su rostro.

—Está bien, Esther Pisiani, pero más te vale que su amigo esté divino o no volveré a confiar en tus gustos y estarás condenada a salir sola por el resto de tus días.

La puerta de la habitación de Cindy se cerró de golpe. «Dramática», pensó Esther con una sonrisa, se levantó del sofá y se preparó para darse un merecido baño de agua caliente, pero no sin antes avisarle a Richard que se preparara para una cita doble.

Café Artesian se había convertido rápidamente en uno de los lugares más populares para las parejas de jóvenes y Esther llevaba tiempo queriendo ir, pero como ocurre con los introvertidos, rara vez encuentran una excusa para salir a un lugar nuevo sin compañía. Pero esta vez, no sólo tenía a Richard, sino también a Cindy, a quien ya no le daba vergüenza salir con ella. Además, Esther estaba abrazando la idea de ser una mejor versión de ella misma. De hecho, ese día había decidido usar un vestido blanco de playa (en contra de sus reglas personales sobre lo que era el "buen gusto") con unas sandalias que le hacían juego. Después de todo, Café Artesian quedaba ubicado en una serie de hermosos lugares turísticos sobre tablones de madera que hacían de un pequeño y pintoresco puerto, uno de los lugares de moda. Y claro, la vista hacia el mar y la playa era un paisaje muy apreciado por los artistas que se reunían a compartir una taza de café.

Las chicas habían llegado temprano, así que decidieron sentarse en una mesa afuera del local y al lado de la pasarela para poder observar a los transeúntes que paseaban. Cada silla estaba hecha de un metal verde que Esther encontró plácido a la vista, y el tejado estaba cubierto de una sábana de hojas y vegetación, con luces de navidad, que por ser la tarde se encontraban apagadas.

—Este lugar ha de ser hermoso de noche, ¿no crees? —dijo Esther, intentando iniciar una conversación con Cindy mientras sus ojos examinan cada detalle del local.

Cindy contestó con un sonido que Esther interpretó como una combinación de "sí" y "no me importa". Había decidido salir con una camisa holgada blanca con rayas negras y un short naranja. A pesar de que la cinta en su cabello, los aretes y los zapatos deportivos verdes (que hacían juego con una cartera fosforescente que era la evidencia definitiva de que Cindy era una chica sin mucha clase) eran clásicos detalles de la Cindy que buscaba llamar la atención, las gafas negras y las grandes burbujas de chicle le daban un aire poco conversador.

—¿Estás bien? —preguntó Esther.

—No lo sé. Aún no sé qué es peor —contestó Cindy, exhalando un suspiro de frustración. Esther no contestó, esperando por la respuesta de su amiga—: Estar celosa por tus aventuras sexuales, o estar celosa por... ti.

—¡Eres una gran amiga, Cindy! —contestó Esther, con sarcasmo.

—No me malinterpretes, Esther, estoy feliz por ti, es sólo que... me gustaría encontrar a alguien que me dé el despertar sexual que me merezco —Cindy se quitó las gafas de sol para ver a Esther a los ojos—. Y, bueno, supongo que me tienen un tanto deprimida mis últimos encuentros poco fructíferos.

Esther tomó la mano de Cindy entre las suyas y le dedicó una sonrisa.

—Las cosas son buenas para mí ahora, pero honestamente estoy un poco perdida con Richard. No toda fantasía es perfecta.

—¿Qué quieres decir? —preguntó Cindy, alzando una ceja.

—Pues, no sé nada de él, y mientras más lo conozco, más extraño me es. Es como si estuviera enamorada de la persona que me ha estado haciendo el amor estas noches. No, enamorada es una palabra muy fuerte, es más como... intrigada sexualmente. Pero el hombre detrás de esta intriga, detrás de este extraño y de estas noches es... pues... —Esther tomó aire para recuperar la calma. Se impresionó al ver lo mucho que le costaba hablar de ello, como si aquellas noches de placer hubieran nublado su juicio—. A veces siento que me convierto en otra persona cuando estoy con el extraño del bar, una que se deja poseer y que intenta recuperar el control, pero Richard es... más fuerte.

Esther se sintió interrumpida cuando Cindy se inclinó hacia ella, mirando a los lados antes de decir algo y apretó su mano, como Esther lo había hecho con hecha en señal de apoyo emocional.

—Querida, si Richard te está tratando mal, conozco a un par de sujetos que por un buen precio pueden ir a romperle las piernas.

—¡Dios, Cindy! ¡No se trata de nada así! —Esther apartó las manos instintivamente de las de Cindy—. ¡Dios! ¿Cuál es tu problema? ¿Cómo conoces a gente así?

Su compañera de cuarto no contestó, sino que se limitó a encogerse de hombros, con una sonrisa que podía significar que se burlaba de ella, aunque no sabía si era porque todo era una broma, o por lo inocente que podía ser al desconocer la verdad. Esther decidió que lo mejor era tomar esa respuesta silenciosa por parte de su amiga y no seguir indagando en el tema.

—En fin —intentó continuar Esther, mientras que le dirigía miradas de reproche a una Cindy que escondía una risa con una mano—, me siento en una extraña desventaja, como si

Richard me hubiera ayudado a ser esta nueva persona libre de mis restricciones sexuales, pero que a la vez está atada a él.

—Y estar atado metafóricamente es lo peor —contestó Cindy, con una sonrisa en su rostro—. Claro que, físicamente, es una de las cosas que más disfruto.

—No sé por qué intento tener una conversación profunda contigo —dijo Esther, con una mirada entrecerrada hacia Cindy.

—Porque no tienes a nadie más a quien le importe.

Esther intentó contestar algo a la Cindy que se postraba triunfante ante ella, pero a lo lejos pudo vislumbrar a dos figuras que se acercaban, una de las cuales le era terriblemente familiar. Richard vestía una chaqueta marrón con una camisa negra y unos *jeans*, los cuales hacían un atuendo que Esther estaba segura de haber visto antes. Su compañero era más alto que él (aunque ése no era un logro muy raro), de facciones más agudas y de tez un poco más morena, tenía el cabello largo y oscuro, amarrado en un estilo de *dreadlocks*, vestía una camisa naranja y un pantalón completamente blanco, y a juzgar por su cuerpo bien definido, debía de haber conocido a Richard haciendo ejercicio, o al menos eso pensó Esther.

Mientras se iban acercando, Cindy tardó unos segundos en reconocer al hombre que sólo había visto de lejos en dos ocasiones anteriores. Cuándo vio a su compañero, inmediatamente tomó el chicle de su boca y lo pegó a la parte inferior de la mesa. Entonces, empezó a pasar sus manos por su cabello frenéticamente, en un desesperado intento de arreglarse.

—¿Qué ocurre? —preguntó Esther, con una sonrisa—. ¿No querías que Richard trajera a alguien "divino"?
—Sí, pero si Richard es alguien dispuesto a salir contigo, no pensé que tuviera amigos fortachones —contestó Cindy. Tomó un espejo de su cartera verde fosforescente y se observó por un segundo—. ¿Cómo me veo?
—Desesperada —contestó Esther, con una pícara sonrisa.
—No ayudas —respondió Cindy, con el ceño fruncido.

Esta vez fue el turno de Esther de suprimir una sonrisa. Richard se guardaba del sol en sus ojos y tenía la vista fija en su dirección. Al notar a las dos chicas sentadas en una de las mesas de afuera, las saludó con la mano. Su amigo también saludó, aunque de forma más retraída. Cindy, en cambio, los saludó efusivamente, como si se tratara de amigos de toda la vida.

Al acercarse, Esther y Richard se prepararon para saludarse. Parecía que él iba por el beso, pero ella lo abrazó en su lugar. Esta interacción y preguntarse si debería haberlo saludado con un beso o no, fue una de las cosas que la mantuvo despierta en las próximas noches. Por otro lado, Cindy intentó dirigirle miradas coquetas al amigo de Richard, el cual las esquivó, pasando su mano por la nuca en señal de nerviosismo.

—Cindy, él es Richard —dijo Esther, presentando a su pareja.

—Hola, ¿cómo estás? —saludó Cindy, atropellando sus palabras y con un rápido apretón de manos. En seguida, se acercó hasta el amigo de Richard y pasó una mano por su hombro—. Aunque estoy más interesada en conocer el nombre de este fino espécimen.

—Mar… Marcos —contestó el amigo de Richard, en un tono que expresaba su timidez.

—Encantada —dijo Esther, saludándolo con la cabeza.

—¿Quieren que vaya por los cafés? —preguntó Marcos—. Sé cómo lo toma Richard, pero no sé cómo lo prefieren ustedes.

—Yo iré contigo, y así no tienes que pensar mucho en ello —dijo Cindy, con una sonrisa coqueta, tomándolo de la mano y llevándolo hasta el adolescente que atendía la caja.— Mira que con un cuerpo así, no tienes que dedicarte a pensar mucho.

Cindy y Marcos fueron juntos hasta la caja, dejando tras de ellos las risas incómodas de Esther y Richard. Y entonces, se dieron cuenta de que estaban solos. No como cuando hacían el amor en alguno de sus encuentros, sino solos en público, y muy pocas veces lo habían estado. De hecho, eran las partes más negras de su relación, y la energía sexual que esa misma mañana habían estado compartiendo, se había disipado en el transcurso del día. Aunque ambos pensaban en el otro, no era precisamente tomando café lo que se imaginaban.

Pasó casi un minuto de incómodo silencio entre ellos antes de que pudieran decir algo. Ambos tomaron asiento, casi obligados, uno al lado del otro.

—Entonces… —dijo Richard, intentando iniciar una conversación—. Esa Cindy es todo un personaje.
—Sí, lo es —contestó Esther, con una sonrisa incómoda—. Estoy segura que en este preciso momento está haciendo uno de esos chistes de "Me gustan los hombres como me gusta el café".

Richard simuló una carcajada y enseguida se calló. Nuevamente, el silencio reinó entre los dos. Finalmente, tras unos momentos de evitar las miradas, Richard dijo:

—¿Quieres que nos vayamos a coger?
—Richard, no podemos simplemente…

Pero Esther se vio interrumpida por la llegada de Cindy y Marcos. Ambos traían dos tazas de café cada uno, y en seguida las colocaron en frente de la pareja. Esther observó su taza por un rato. Mucha vainilla y excesivamente claro. Dirigió su mirada a la taza de Richard, la cual era completamente negra, tanto la cerámica como el café que contenía.

—He de decir que elegiste a alguien que vale la pena, Esther —contestó Cindy con una sonrisa, dándole un codazo amistoso a su compañera de habitación y sacándola del trance de sus pensamientos—. Puedo decir que tiene buen gusto. Al menos, en sus amistades.

Marcos volvía a sonreír incómodamente y Cindy se acercaba más a él. Esther aprovechó para ver el contenido de las dos tazas rojas frente a ellos. Capuchinos, los dos. «Nunca he creído en señales, pero…».

—¿Esther? —preguntó Cindy.
—¿Qué… qué sucede? —contestó Esther, una vez más despertando de su trance.
—Marcos te estaba preguntando sobre tu primer encuentro con Richard.
—¿De veras? Disculpa, debo estar distraída. No creo haber dormido bien anoche —contestó Esther, sin ninguna intención de hacer una insinuación sexual, aunque Richard pareció mostrar una sonrisa por la comisura de su boca. Esther pensó en qué decir, ya que contar la verdad de su primer encuentro estaba definitivamente prohibido—. Lo conocí en… en un parque. Casi me desmayo del esfuerzo físico y Richard se acercó a darme agua de su botella.

Esther aprovechó la pausa para tomar de su taza. Los demás esperaron a que continuara su historia, pero apenas terminó de beber, se calló completamente. Marcos cruzó la mirada con Richard, quien se encogió de hombros. Cindy hizo lo mismo con su amiga, quien tan sólo bajó la cabeza y evitó el contacto visual.

—Pues, suena de película —contestó Marcos, intentando aparentar amabilidad—. ¿Y en qué trabajan ustedes dos?

—Esther es una aburrida escritora —contestó Cindy, antes de que Esther pudiera tomar la palabra. Mientras hablaba, sólo se dirigía a Marcos—, en cambio, yo soy una empresaria. He estado en diferentes trabajos y he tenido muchas experiencias diferentes, ¿sabes?

"Muchos trabajos" era el código que usaba Cindy para decir que estaba desempleada actualmente y que aún buscaba qué mentira decir para ganarse el afecto de Marcos. Éste respondió que era diseñador gráfico, Cindy contestó algo sobre modelar desnuda para él, y a pesar de las incomodidades del principio, pasaron al menos una hora hablando entre ellos. Extrañamente, aunque Cindy empezó con sus insinuaciones sexuales, fue tornando la conversación a un tono más amistoso, pero sin perder el interés, mientras que Marcos parecía abrirse más con ella. Era casi como si… estuvieran teniendo una interacción social normal.

«Como los envidio en este momento», pensó Esther. En toda esa conversación, Esther y Richard nunca intercambiaron una palabra. De vez en cuando intervinieron en la conversación que mantenían Cindy y Marcos, pero por lo general, mantuvieron su distancia. Finalmente, cuando la tarde se hizo notar con un sol rojo en el horizonte, los cuatro supieron que era la hora de caminar por el puerto.

—Pero antes, Esther y yo tenemos que ir al baño —dijo Cindy.

—Creo que este lugar no tiene —contestó Marcos—. Es uno de esos locales nuevos medio *indie*, ¿sabes? Buscan saltarse las reglas, y eso.

—Oh... en ese caso, salgan de aquí, o vayan a pagar —dijo Cindy, haciendo con sus manos como si ahuyentara a dos animales salvajes—. Fuera, las chicas tenemos que hablar.

Marcos río, y esta vez no fue incómodo, de hecho, le dirigió una mirada un tanto coqueta a Cindy, la cual la aceptó de buena gana. Los hombres se levantaron de sus asientos y caminaron hasta la caja. Cindy enseñó sus dientes en una larga sonrisa hasta que los dos ya estaban suficientemente lejos para escucharlos. Entonces, se volteó bruscamente hacia Esther.

—Muy bien, Esther Pisiani, escúchame bien porque en este momento voy a hacer uno de los mayores sacrificios que una mejor amiga puede hacer —contestó Cindy. Esther echó la cabeza hacia atrás, sorprendida por la repentina actitud de su amiga—. Espero que lo aprecies, pues estoy arriesgando una futura relación con uno de los mejores pedazos de carne que he tenido el placer de conocer, pero aún no el placer de probar.

—¿Siempre tienes que ser tan vulgar? —dijo Esther, pero en seguida fue callada por Cindy.

—No me interrumpas, sé que el haber conocido a Marcos se debe a ti y a Richard, y que ustedes se lleven bien significa poder tener más encuentros casuales con él, pero no puedo verte en este sufrir.

—¿A qué te refieres?

—Me refiero a que hay tanta química entre Richard y tú como la hay entre un león y una gacela, y no, no lo digo con doble sentido. —Esta vez, Cindy se apartó un poco de su amiga—. Sé que su relación se trata de otras cosas, como la insinuación sexual del león y la gacela, de hecho. Pero incluso para un par de fenómenos como ustedes, esta hora fue deprimente.

—¡Esto era lo que intentaba decirte! —exclamó Esther, y enseguida bajó la voz para que Richard y Marcos no la escucharan—. Nunca pasamos por una primera cita, y ya es tarde para pasar por la fase de conocernos, y ahora que estamos tan relacionados íntimamente, pues… me doy cuenta de que no sé si quiero a Richard.

—Debiste de verte con Richard a solas —contestó Cindy, con ojos aburridos de quien todo lo sabe.

—¡Lo sé! Pero estaba tan atrapada por el momento. No pensé en qué punto de la relación estábamos. Fui muy descuidada, muy impulsiva, muy…

—Muy Marilyn —terminó de decir Cindy por ella.

—Y poca Esther —añadió Esther, con una mueca en su rostro.

Ambas quedaron en silencio por un momento, con la cabeza baja. Marcos las llamó a lo lejos, indicando que iban a salir y que las esperaban afuera. Cindy contestó con un gesto de que saldrían pronto, y una vez que los chicos desaparecieron de vista, ella exhaló un suspiro. Finalmente, dijo:

—Como yo lo veo, la próxima hora podría definir el futuro de las dos.

—No seas tan dramática —dijo Esther, cruzándose de brazos y titubeando sus próximas palabras—, pero ¿qué quieres decir con eso?

—Que puede que apure el paso y que Marcos y yo nos veamos obligados a separarnos de ustedes —contestó Cindy con una sonrisa. Se levantó de su asiento, cogió su cartera fosforescente y tomó de la mano a Esther para que ella también se levantara—. Si eso llegara a ocurrir, ustedes se verían obligados a decir lo que tengan que decirse y Marcos tendrá una última oportunidad de pedir mi número. Es una lástima que sea tan tímido, pero claro, ese también es su encanto.

Esther pensó en las palabras de Cindy mientras que se ponía de pie y se reunían con los chicos. Los cuatro caminaron por el puerto un buen rato, haciendo conversación casual. Al menos, Cindy no acaparó a Marcos y pudieron tener interacciones más fluidas entre todos, de forma que nunca hubo un silencio incómodo entre Esther y Richard porque no tenían necesidad de hablarle directamente al otro.

Por fin, el sol empezaba a besar la línea entre el cielo y el agua, resplandeciendo en el espejo que era el mar. No había mucho viento, por lo que la escena era ideal para el romance, o para quienes tuvieran pensamientos que resolver con un cigarro. Era una lástima que Esther no fumara, pero eso no la detendría de aclarar las cosas con Richard.

El momento llegó en que Cindy dio una terrible excusa carente de todo sentido, tomó a Marcos del brazo y se lo llevó por las escaleras del puerto. Cindy corrió por la arena, dejando huellas por todos lados, mientras que Marcos la seguía con los pantalones remangados y las manos en los bolsillos, a paso lento. Ambos parecían haberse conectando rápidamente y Esther se alegraba por los dos. Era la primera vez que Cindy trataba a un hombre que le atrajera como algo más que un objeto sexual. Claro que, con esa felicidad que había en la playa, sólo problemas y confusión quedaban en el puerto entre dos amantes que no se conocían.

—Deberíamos dejarlos solos —dijo Richard—. Ven, caminemos un rato.

Esther asintió, aun pensando en cómo empezar la conversación. Ambos caminaron por la pasarela de madera, con el sol de un lado y la promesa de una pareja feliz jugando en la playa del otro. Esther no podía evitar sentirse sola en aquel momento, y no sólo porque Cindy y Marcos estuvieran lejos de ellos, sino porque no había mucha acción nocturna en el puerto. Y como el día estaba llegando a su fin, las transeúntes habían emigrado a locales donde la noche no moría. La pasarela a la que Esther y Richard habían llegado a su fin y ahora se apoyaban en el marco de madera tenía un aire de soledad en ella.

—¿Qué ocurre, Esther? —preguntó Richard al fin, y Esther sintió un escalofrío en su espalda al escucharle pronunciar su nombre.

—No lo sé, no sé siquiera cómo comenzar —dijo Esther, y siguió caminando de un lado a otro sin alejarse de la punta del puerto—. Es sólo que… no disfruto estos momentos y sé que eso está mal. Deberíamos de ser capaces de conectarnos como lo hacen ellos, de hablar y de conocernos. Digo, aún no estoy segura de cuál es tu relación con mi padre, o de qué haces para vivir, o de qué familiares tienes además de tu sobrina.

—Pues, puedo contarte más de mí si ese es el problema —contestó Richard, poniendo sus manos en los bolsillos de su chaqueta—, pero sé que eso no es lo que Marilyn quiere.

—Este misterio e intriga están bien, Richard, pero a veces pienso que no lo está. —Esther regresó hasta la punta del puerto a posarse sobre la baranda con la vista fija hacia el sol que se hundía en el mar—. No está bien que no esté interesada en conocerte, es como si mientras más sé de ti, menos interesada estoy. ¿Tiene algo de sentido eso?

—De veras que somos terribles para las citas —contestó Richard, con una sonrisa que Esther no pudo replicar. Al cabo de un rato, Richard se posó con los brazos en la baranda al lado de ella—. ¿Puedo preguntarte algo?

—Claro.

—¿Quieres estar conmigo sólo por el sexo?

Esther no contestó. Tal vez porque no tenía respuesta, o tal vez porque sí sabía lo que quería y no quería hacerle daño a Richard. «Parece una buena persona por lo poco que sé de él. Diablos, los hombres con sobrinas pequeñas siempre son buenos, y es por eso que me duele más hacerle daño —pensó Esther, y agachó la cabeza sin ser capaz de mirar a los ojos a Richard, quien se había despegado del borde de madera y simplemente se mantenía detrás de ella, observándola—. ¿Qué puedo decirle? ¿Debería dejar que el silencio hable por mí?».

Pero los pensamientos de Esther se vieron interrumpidos por una mano que pasaba por su espalda y que lentamente se movió hasta su culo. Ella se encontraba paralizada ante esta acción que no esperaba, pero no reaccionó hasta que Richard puso su mano por debajo del vestido, tomándola primero por el muslo y luego por una nalga.

—¡Richard! —exclamó Esther.

—Está bien, Esther, no tienes que amar a la persona que soy cuando no lo estamos haciendo, porque a mí tampoco me gusta —contestó Richard, acercó su rostro hacia Esther y le dio un gentil beso en el cuello, sin dejar de masajear la parte baja de su cuerpo—. Es por eso que deberíamos estar cogiendo más a menudo.

—¡Pero estamos en público! —exclamó Esther, intentando en vano bajar la voz. Intentó voltearse y quitarle la mano a Richard, pero era muy fuerte y no parecía querer detenerse—. ¡Alguien nos verá! ¡Cindy y Marcos podrían subir en cualquier momento!

—Con más razón, tenemos poco tiempo para rescatar esta cita —contestó Richard. Si estaba sonriendo o no, Esther no podía saberlo. Richard dejaba su culo para tocarla en el sexo. De vez en cuando, presionaba su cuerpo contra el de ella y podía sentir su miembro erecto a través de la áspera tela de los *jeans*. Esther tuvo que morderse el labio para no gemir—. Además, en este momento, los tórtolos no tienen ojos sino para ellos mismos, no nos verán.

—No... no quiero hacerlo, Richard. No aquí.

Richard dejó de tocarla y se separó un poco de ella, pero con una distancia suficiente para seguir tocándola en cualquier momento. Esther no volteó su cuerpo y así se quedó, con la cintura apoyada en el borde de la baranda y con el culo expuesto hacia Richard. Tan sólo giró la cabeza para verlo a los ojos, pero no hizo ningún esfuerzo por cubrirse.

—¿Quieres que me detenga? —preguntó Richard. Puso una mano en el bolsillo de su chaqueta nuevamente, pero la mano con la que la había estado tocando siguió en el aire, esperando a ser llamada a la acción—. Porque yo conozco a Marilyn, sé que te excita la idea de hacerlo aquí, en público, con el riesgo de que alguien nos vea, de que nuestros propios amigos nos descubran y se apenen por nosotros, y a Marilyn le encanta correr esos riesgos, igual que en las aventuras que le escribes a ella.

Richard dio un paso al frente y volvió a pegarse a Esther. Al tiempo que hacía esto, pasaba su mano libre por el sexo de ella, y Esther inhalaba una gran bocanada de aire que no pudo controlar. Richard repitió su pregunta:

—¿Quieres que me detenga?

«Sí», pensaba Esther, pero no era capaz de pronunciar una sola palabra. Y es que Marilyn había tomado control de su cuerpo, de sus cuerdas vocales, de su mente. Y Marilyn sólo podía pensar en tres palabras: «No te detengas».

Richard entendió lo que Marilyn le quiso decir a través del lenguaje corporal. Esther empezó a presionar su culo expuesto contra el cuerpo de Richard, sintió el frío metal del cierre de sus *jeans* contra su piel, y cómo la aspereza le hacía daño, pero no le importaba. Siguió masajeando el sexo de Richard hasta sentir como su miembro crecía dentro de su pantalón. Richard, por su lado, puso una mano entre su cintura y Esther, y empezó a tocarla para excitarla, aunque no era necesario. En cuestión de segundos, desde que Marilyn había tomado el control, Esther se había mojado. El viento parecía volver con furia hacia ellos, pues Esther lo pudo sentir entre sus piernas, frío al tacto, y caliente con los dedos de Richard.

Esther sintió como Richard se separaba de ella, y pudo adivinar lo que venía a continuación. No quiso voltear, pues quería dejar que su imaginación la invadiera. Escuchó un cinturón que se abría, un botón que se desabotonaba y un cierre que se bajaba. Tras una pausa de unos segundos, sintió una presión familiar contra su sexo. No la penetraba, sino que la acariciaba con su punta, enloqueciéndola de tentación. Ella ya no pasaba su culo por el cuerpo de Richard, sino que empujaba repetidas veces, simulando el acto de penetración, con el pene erecto entre los dos. Finalmente, Richard posó su mano en la curvatura de la espalda de Esther, dándole a entender que ya no podía más, que tenía que poseerla. Ella dejó de cargar contra él e hizo un esfuerzo para mantenerse quieta. Richard pasó su cabeza por la abertura del sexo de ella, poco a poco, gentilmente, intentando que ella se acostumbrara a él. A Esther no podía importarle menos su comodidad en ese momento, quería que fuera brusco y que le doliera si fuese necesario, sólo quería que estuviera dentro de ella en ese mismo momento. Sin voltearse a verlo, movió su mano a ciegas, intentando tomarlo de la camisa para halarlo hacia ella. Richard entendió el mensaje y pasó la mano que tenía libre por su cuello y su cabello, mientras que la otra se mantenía presionando su espalda. Sus dedos empezaron a tocar el rostro de Esther y ella tomó su pulgar con los dientes, sin presionarlos. Tiró del pulgar, hasta tenerlo en su boca y empezó a lamerlo y a chupar de él. Richard continuó metiendo y sacando su pulgar de la boca de Esther, mientras que el resto de su mano se posaba en su cuello y la punta de su pene seguía abriendo a Esther, cada vez con más profundidad.

Entonces, sin aviso alguno, Esther sintió los dedos de Richard apretarse contra su cuello y cómo cargaba contra ella. Su pene se metió con fuerza y con toda profundidad. Esther inhaló con fuerza, llenando sus pulmones con un grito ahogado. De no ser por lo mojada que estaba, hubiera dolido más, pero el placer que le causaba era superado por un abismo de diferencia. «Se siente tan bien como su pene pulsa dentro de mí. Es tan fuerte y tan grande… me hace sentir tan llena». Y con cada pulsada, con cada pequeño movimiento que Richard hacía, Esther podía sentir cómo se tensaban sus piernas de placer.

Hasta que Richard no la soltó del cuello, Esther no se dio cuenta de que se había estado ahogando. Tosió un poco y pasó una mano por su cuello, acariciando donde la había herido. No le dio importancia, pues ambos se habían dejado llevar por la pasión. Y lo que realmente importaba era que ahora él estaba dentro de ella y que ahora podría sentir cómo la hacía suya. Una vez más, Esther rendía el control hacia Richard y dejaba que hiciera con ella lo que quisiese.

Richard se separó de ella, pero no tanto que su pene no dejara de estar adentro de su sexo. Con fuerza, dio una segunda estocada y Esther respondió con un ligero sonido. Richard volvía a separarse lentamente, para luego penetrarla con fuerza. Cada vez, dolía menos, y cada vez, Esther gemía más y más. El viento del puerto ahogaba sus gritos de placer, de forma que en ese momento ella y Richard eran dos amantes separados del mundo. Esther sentía su cuerpo sudar, y a pesar del frío del aire que caracteriza a los puertos que anochecen, su temperatura había aumentado. La mano que la había ahorcado hacía tan sólo unos momentos se posó sobre su cabeza y la tomó del cabello con fuerza, mientras que continuaban las estocadas lentas y fuertes. A veces, Richard se mantenía un segundo dentro de ella y dejaba que sintiera las pulsaciones de su miembro en su vientre.

—Creo... creo que voy a acabar —dijo Esther entre gemidos. Su voz se ahogaba en su garganta con cada estocada lenta de Richard—. Dios, no te detengas ahora.

Pero Richard se detuvo. Antes de que Esther pudiera voltearse a reclamarle, sintió una fuerza que levantaba su pierna izquierda, hasta posarse en el hombro de Richard. Sin perder tiempo, la siguió penetrando y Esther volvía a ahogarse. Su cuerpo medio desnudo quedaba expuesto hacia el mar y se sentía como si el discreto sexo en público se convertía en una orgía, donde el mundo estaba participando como audiencia. Esther no sabía que tenía esta clase de fantasías, pero si se escondían en algún lugar de ella, se hicieron notar cuando Richard la empezó a penetrar con fuerza y rapidez. Esther se aferró con fuerza al borde de madera. Era cuadrado e incómodo para la palma de su mano, pero a ella no le importaba. Sólo podía pensar en su vagina expuesta al mundo, en los tórtolos de la playa que podían verlos en cualquier momento y en el miembro de Richard que entraba y salía de ella con tal pasión y deseo que la haría acabar en cuestión de segundos.

—Richard… —intentó decir Esther, pero su voz seguía cortándose. Sin embargo, el extraño había entendido lo que ella quería. Siguió penetrándola con fuerza, halándola del cabello hasta que su cabeza cedió y se inclinó hacia atrás. No era una posición discreta y eso la excitaba aún más—. Dios… no puedo seguir…

Entonces, Richard dio una última estocada con todas sus fuerzas. Esther sentía que la estaba traspasando. Sus piernas temblaron y sintió cómo se entregaba al placer sexual de un orgasmo. Él también, pues ella sintió como su semen la llenaba por completo y cómo su miembro pulsaba con tal poderío dentro de ella, para luego ir calmándose poco a poco. Richard se quitó la pierna que colgaba en el aire del hombro sin separar su sexo del de ella y pasó a abrazarla por detrás, no impulsado por un sentimiento romántico, sino por uno de cansancio. Lo único que podía escuchar era el rugir del viento marino y las respiraciones pesadas de un hombre que deseaba, pero que no amaba.

Una vez pasado el orgasmo y la lujuria saciada, Esther empezó a sentirse mal. Esto no era lo que ella había querido… o al menos, no del todo. Pero no podía resistirse al extraño, ni podía controlar aquella parte de ella. Había cedido todo control, y ahora que descubría las posibilidades que ofrecen la libertad sexual, estaba atrapada en una jaula de deseo hacia una sola persona. Su libertad parecía desaparecer con el día, tragado por el mar para dar paso a una oscura tarde.

—¿Por qué no bajaron a la playa con nosotros?

La voz de Cindy se hizo notar detrás de ellos. Richard dio una excusa por ellos, pero Esther no la escuchó. No le importaba, ni tampoco le importaba la respuesta de su compañera de cuarto. Como los dos estaban de espaldas a Cindy y Marcos, con la vista puesta en el mar y con Richard abrazando la espalda de Esther, no pudieron notar que el miembro de Richard se hacía entrever por el cierre de su pantalón, aún dentro de ella, a través del vestido ligeramente levantado. Pero ella no podía sentir vergüenza alguna, tal vez porque no le importaba si sus amigos la descubrían o no. No le importaba si el mar y el mundo podían verla en aquel estado de éxtasis saciada. Esther sólo tenía pensamientos para una cosa, y no sabía a qué parte de ella no le importaba, si a ella o a Marilyn.

Marcos dijo algo sobre lo lindo que se veían juntos y que se daría por terminada la salida para darles espacio. Por la madera del puerto, Esther pudo escuchar los pasos excitados de su amiga alejándose, dando pequeños saltos, y el lento caminar de Marcos que la acompañaba. Sólo entonces, cuando estuvieron completamente solos, Richard separó su miembro de ella y se sintió como si la desconectaran de una máquina de hospital, para escuchar un familiar pitido de un paciente que moría.

El resto de la noche fue un borrón de recuerdos que Esther logró formar más tarde en su cabeza, como piezas de un rompecabezas. Sabía que se había montado en el auto negro de Richard y que él la había llevado hasta su apartamento. El viaje había pasado en completo silencio, con Richard teniendo ojos sólo para el camino. Al llegar a su destino, él había intentado despedirse de ella con un beso en la boca y ella lo aceptó sin moverse. Dijo algo para despedirse que fue gentil y seco. Salió del auto, subió las escaleras hasta la entrada del edificio y Richard no se fue hasta que ella no abrió la puerta.

Al entrar en su apartamento, la invadió la repentina soledad. La noche había llegado por fin y la ciudad se iluminaba en un mar de luces y locales donde la gente buscaba felicidad. Su apartamento, en cambio, estaba a oscuras. Cindy no se encontraba, como era de esperarse. Aprovechando la ocasión, Esther se desvistió en la sala, quedando completamente desnuda. Caminó hasta el balcón y sintió el aire frío en sus pezones. Una vez más, quedaba expuesta ante el mundo, igual que en el puerto. Aquella sensación la había llenado de una pasión que no se comparaba, y hacerlo junto al mar era la mayor expresión de libertad que podía encontrar. Y Richard...

Sintió un cosquilleo en su vagina. Llevaba tiempo tocándose y no se había dado cuenta. Ante ello, no pudo hacer otra cosa que romper a llorar.

10. CAMBIO DE ROLES

Cindy llegó a las 5:43 de la mañana, exactamente. Esther lo había visto el reloj de su habitación. Al escuchar la puerta que se abría y se cerraba, dio un vistazo rápido al tiempo y luego volvió a hundirse en su mundo de sábanas y lágrimas secas. Tras unos momentos donde sólo pudo escuchar como su compañera de cuarto iba dejando su cartera en la mesa, o la nevera abriéndose y otros sonidos que anunciaban su llegada, escuchó la puerta de su propia habitación abrirse.

—¿Esther? —susurró Cindy—. ¿Estás despierta?

Pero Esther no contestó. No tuvo que aparentar que dormía, pues al cabo de unos segundos de inmovilización, Cindy había cerrado la puerta y se había ido a su habitación. Entonces, Esther entró en un profundo sueño, o mejor dicho, en una pesadilla de la que no pudo escapar hasta despertar.

En aquella visión onírica, veía todo borroso. Estaba en una habitación cuadrada, encerrada en cuatro paredes grises. No había ninguna puerta, tan sólo una ventana, y a través de ella, la completa oscuridad de la noche. Ella se vio en el reflejo del vidrio y notó que también era gris. No tenía ropa puesta y podía ver su cuerpo entero, desprovisto de colores. Su cabello no era el hermoso pardo que la caracterizaba, sino gris oscuro. Había algo en ese hecho que la hizo sentirse como si se hundiera en el suelo. A duras penas, caminó hasta una esquina de la habitación y se acurrucó en ella.

Escuchó unos golpes en la ventana y, al voltearse, pudo notar una silueta que le era familiar, pero que no dejaba de ser completamente oscura, por más que la viera. Atravesó el vidrio y las paredes como si fuera un fantasma, se acercó a ella y la oscuridad fue reemplazada por colores. Por su cabello dorado, Esther la reconoció. Era Marilyn, que no dejaba de verla. Pero donde debería estar su rostro, no había nada. Ni una sonrisa. Sólo había la expresión física del miedo.

—No soy yo —dijo aquella visión de Marilyn, a pesar de que no tenía boca alguna con la que pudiera hablar— No soy yo, eres tú.

Esther fue despertada por unos golpes a la puerta de su habitación. No pudo preguntar quién tocaba la puerta, pues aún dudaba de si se encontraba en el sueño o no. Le dolía la cabeza terriblemente y se sentía pesada y cansada, como si hubiera estado toda la noche intentando dormir sin realmente poder cerrar los ojos.

— ¡Oye! —Era la voz de Cindy, detrás de los golpes de la puerta—. ¿Estás ahí?

Esther dio un segundo vistazo a su reloj, eran las 3:22 de la tarde. Con un bostezo, se desenredó de las sábanas que la cubrían y se sentó en su cama. Aún estaba desnuda y la cabeza le hacía un ruido terrible. Como era de esperarse, tras la falta de una respuesta, Cindy entró a la habitación. Su rostro denotaba una preocupación casi maternal, como la de una hermana mayor. En una mano tenía una cajita blanca de cartón en la que se leían unos caracteres chinos, con dos palillos hundidos en su contenido.

—Te traje almuerzo —dijo Cindy. Al ver que Esther no se inmutaba por su presencia, se sentó a su lado—. ¿Estás bien?

—No lo sé —mintió Esther. Sabía que no estaba bien, pero aún no sabía si quería contarle a Cindy. Tal vez porque ya lo sabía, o porque eran sentimientos tan íntimos que exponerlos era, pues, como coger frente al mar—. Richard… no es…

—Oh, querida, a todos nos rompe el corazón un chico —dijo Cindy, colocó la caja de fideos en el suelo y pasó su mano sobre el hombro de su amiga—. Es sólo que lo usual es que nos ocurra en el bachillerato, pero tú encontraste tu primer amor un poco más tarde.

—No es eso, ya he tenido amores juveniles antes, es sólo que…

Esther no supo cómo continuar. Durante todo este tiempo no había sido capaz de levantar la cabeza. Sentía sus ojos llorosos, y si no salían lágrimas era porque ya se habían secado. Sin embargo, aún sentía dificultad al hablar y una garganta carrasposa. Al sentir el brazo de Cindy rodearla, subió la vista y la miró directamente a los ojos. Ahí estaba su amiga, con una sonrisa en su rostro y, como raro detalle, había algo de compasión en su mirar tierno y afectivo.

—Siempre condené tu forma de vivir la vida, saltando de hombre en hombre, sin nunca comprometer tus sentimientos, sin dejar que te hagan daño, y creo que lo hice porque sentía celos de lo fácil que te era conocerte y explorar tu lujuria y la persona que eras, mientras que yo... yo me limitaba a vivir encerrada con mis fantasías, juzgándolo todo desde mi prisión. Pero la verdad es que... admiro tu valentía y desearía poder ser así.

Cindy quedó muda por un momento. Tras una tensa pausa en la que Esther no sabía si su compañera de apartamento le daría una bofetada o no, rompió a llorar:

—Maldita sea, Esther, no me digas cosas así que estoy sensible.

Sin esperarlo, Esther sintió como su amiga se abalanzaba sobre ella, rodeándola con sus brazos en un apretón que, a juzgar por aquella interacción de palabras, debía de ser un abrazo. Tras una pausa donde Esther intentó analizar la situación, pasó una mano por la espalda de Cindy y le dio unas palmadas amistosas. Pudo notar que la brusquedad de aquella acción había hecho que su amiga derribara la cajita de cartón con su pie, regando los fideos por el suelo como si se trataran de tripas.

—Eres divertida y extrovertida, y una maldita bomba sexual, estúpida —contestó Cindy, aún aferrada a ella—. Puedo sentir tu cuerpo desnudo aquí mismo y puedo decirte que es digno de una jodida modelo de pasarela, pero con mas tetas.

—Gracias, Cin —dijo Esther, con una sonrisa triste que se desvaneció tan rápidamente como había aparecido—. Pero no me siento así, Marilyn es la que...
—¡Oh, al diablo con Marilyn! —gritó Cindy de repente, separándose de su amiga. Esther quedó muda por un momento, mientras que su amiga la apuntaba con un dedo al tiempo que la observaba de manera inquisitiva—. ¡No eres una esquizofre... freneti... no eres una loca! Marilyn sólo existe en tus historias, eres tú la que está llena de ganas de comerte al mundo, no una sola parte de ti.
—Pero Richard...
—¡Richard es sólo un pene! ¡Los hay por cientos en la ciudad, y todos se mueren de ganas de hacer lo de la pierna arriba en el muelle!

La vergüenza tomó color en el rostro de Esther. ¿Acaso Cindy y Marcos la habían visto? ¿Habían estado jugando con ella y Richard todo este tiempo? Sus manos empezaron a retorcer las sábanas rosas con nerviosismo.

—¿Nos... nos viste?

—Querida, toda la ciudad te vio. Y te escuchó también —dijo Cindy, calmándose un poco, y dejando que su sonrisa pícara se viera—. ¿Y sabes qué? Fue hermoso. No por Richard, ni por Marilyn, sino por Esther Pisiani. Así que levanta ese culo, borra el número de tu última conquista y prepárate, porque esta noche salimos de cacería.

Cindy se levantó de la cama y se dispuso a irse. Abrió la puerta de la habitación de su amiga, pero antes de que pudiera irse, se quedó inmóvil en la entrada. Esther la observó, aún impactada por todo lo que había ocurrido y sin haber tomado un momento para pensar las cosas. Finalmente, Cindy se volteó a verla.

—De hecho, tú saldrás a buscar a alguien y yo te daré apoyo emocional. Y si lo necesitas, tú puedes tomar el apartamento y yo quedarme con Marcos.

—¿Lo hicieron anoche? —preguntó Esther, aunque se sintió estúpida pues la respuesta le era obvia. Y sin embargo, fue sorprendida.

—No, decidimos tomar las cosas un poco más… lentas —contestó Cindy, y a pesar de que había dicho "no", su sonrisa aún no se borraba de su rostro—. ¿Y sabes qué? A pesar de las bolas… o mejor dicho, los ovarios azules, no podría estar más feliz.

Esther pensó en aquello por un momento. La romántica Cindy que iba saltando de hombre en hombre, y que a pesar de sus últimos encuentros desafortunados, era capaz de abrazar la idea de no haber hecho el amor con alguien que le gustaba porque, pues, había un chance de tomarse las cosas en serio. Ella. Cindy. Tomarse las cosas en serio. Si ella podía hacerlo, ¿por qué Esther no podía abrazar una parte de ella que había repudiado y fantaseado a la vez? Si Cindy podía hacer algo tan difícil como lo es cambiar, ella podía aceptarse como era.

—Cindy… gracias —dijo Esther, aún con la cabeza baja.— Gracias por hacerme sentir vergüenza.

Su compañera de cuarto sabía a qué se refería con ello. Le contestó con una sonrisa y salió de su habitación, cerrando la puerta tras ella. Esther quedó a solas con sus pensamientos. Una extraña sonrisa se asomó en su rostro. Puede que Marilyn no existiera, puede que nunca hubiera existido.

11. LA OFERTA

Había pasado al menos dos semanas desde la última vez que Esther había visto a Richard cuando recibió un correo que le cambiaría la vida. Durante estos días de soledad, se había tomado la vida con más esfuerzo y menos estrés. Pasaba los días escribiendo sus cuentos eróticos, recibiendo aclamaciones por parte de sus lectores online, llegando algunos críticos a decir que era "lo mejor que había escrito hasta ahora", y a pesar de la humildad masoquista que siente el artista hacia su arte, Esther lo sabía. Estaba orgullosa de las historias que había creado, las tramas en que había envuelto a sus personajes, y cómo habían logrado salir de ellas.

Algunas mañanas las pasaba trotando con Cindy en el parque cerca de su residencia, y a veces incluso trotaba con más energía que ella, y llegó a trotar sola, manteniendo un ritmo que ni ella creía que sería capaz. A veces la acompañaban Johnny y Giancarlos, con los que había surgido una amistad basado en el culto al cuerpo. Cuando caía la tarde, salía con Cindy a diferentes locales de música ruidosa y de chicas fáciles. Claro que Esther no buscaba la música o las chicas, sino material sobre el cual escribir. A veces hacía un poco de voyerismo y observaba a amores ajenos compartiéndose en una esquina de un antro de mala muerte, y algunas otras, ella misma experimentaba un poco. Todo por sus escritos, claro.

Y en estas dos semanas donde se había dejado perder en un torbellino de erotismo y escritura, Richard había llamado en más de una ocasión y Esther se había asegurado de que su celular contestara por ella. También recibía mensajes, al principio eran textos casuales como "¿Qué haces?" o "Estoy pensando en ti", para poco a poco cambiar a tonos más desesperantes como "¿¿¿Hice algo mal???" o "¿Podemos hablar?". Esos habían sido sus últimos intentos de contactarla. A pesar de que medio mes era una gran salto en el tiempo para una relación, él no había intentado ir hasta su apartamento, o al menos no había ido cuando Esther estaba. Pero por mucho que actuara como si no le importara, sentía una presión en el pecho con cada intento de Richard en contactarla. Escuchaba pacientemente el sonido de su celular cuando llamaba, leía y releía sus mensajes sin contestarlos y sentía como todo su cuerpo se paralizaba. Pero en cada intento, aquel escalofrío era menor.

Aquel día en particular en que Esther recibió un correo muy especial, estaba sentada frente a su computador. La pelota de goma rosa que apretaba cuando caía en un bloqueo de escritor residía en una esquina de su escritorio, atrapado entre dos libros y adquiriendo una gran cantidad de polvo. Los dedos de Esther no se despegaban de las teclas y escribía a una velocidad tan rápida como se lo permitía su ingenio. Escribía una pequeña historia sobre la noche pasada, en la que había conocido a un holandés dueño de una compañía de transportes marítimos. Su trabajo le permitía viajar alrededor del mundo y Esther se había dejado llevar por sus sueños. Aventuras sexuales en diferentes países del mundo… tendría para escribir toda una vida.

Su sesión de trabajos y sueños fue interrumpida por, irónicamente, una notificación de su computador sobre el correo de un trabajo soñado. A primera vista creyó que se trataba de un mensaje de Vixen, tal vez para pagar los honorarios de su último trabajo, ya que el remitente era Michael Garth, el editor en jefe del blog de historias eróticas para adultos y, por lo tanto, su jefe. Rara vez se comunicaba con él o con alguien de la empresa ya que tenían una relación de entregar sus trabajos en una fecha determinada y recibir su pago un día después, sin mayor interacción, pero el asunto del mensaje decía: "Buenos días, Esther, ¿estarías interesada en una nueva oportunidad laboral?". Esther aprovechó la pausa para estirar su espalda y levantarse a hacerse una taza de café. Mientras calentaba la leche en el microondas pensó en qué querría decir con una nueva oportunidad laboral. No le dio mucha importancia al principio, pensando en que se debía a un aumento de sueldo o a una mayor cantidad de trabajo. Ambas eran buenas noticias, claro, pero no tenía que leerla en seguida, y definitivamente no las leería hasta no dar el primer sorbo de su café. Tras esperar a que la pequeña máquina que había comprado Cindy terminara de hacer su café, se sirvió en la pequeña taza rosa en la que había calentado la leche.

Regresó a su escritorio con taza en mano y dio el primer

sorbo de su café mientras abría el correo de Michael. Pero a medida que fue leyendo, tuvo que hacer un esfuerzo para que su taza no se escapara de sus manos. Se trataba de una nueva oferta laboral, en eso no mentía, pero no era un simple aumento de sueldo, sino un nuevo trabajo en las oficinas oficiales de Vixen, ubicadas en... «¡Paris! —pensó Esther—. ¡No puedo abandonar mi vida aquí para irme a otra ciudad en otro país, por muy romántico que sea! ¡Ni siquiera hablo francés!». Pero Esther continuó leyendo el mensaje, y su jefe prometía no sólo estadía paga, sino clases de francés y un contrato de al menos dos años. Y todo gracias a "un rendimiento laboral excelente", además de alabar la creatividad de ella (aunque era evidente que se debía al incremento exponencial de su audiencia en las últimas dos semanas).

Esther colocó su taza sobre el escritorio, sin darle importancia a si dejaría una marca sobre la madera o no y se dejó caer sobre su silla, primero con la vista puesta sobre la pantalla en la que se mostraba el mensaje de su jefe, y luego sobre el tejado. «No puedo abandonar mi vida aquí», se dijo Esther nuevamente, pero luego pensó en qué significaba "su vida" en aquella ciudad. Era una adulta, y era capaz de hacer sus propias decisiones. Ahora que se había alejado de Richard, no estaba atada a nada. Su padre y ella estaban empezando a llevarse bien y nada lo haría más orgulloso que saber que su hija se iba en un viaje de negocios. Y Cindy....

Al pensar en ella, su compañera de cuarto entró al

apartamento de una patada. Esther había estado tan sumida en sus pensamientos que no se había percatado del sonido de las llaves abriendo la puerta. Cindy estaba cargada de bolsas blancas que dejó sobre el sofá. Su piel estaba rojiza, y se notaba que estaba acalorada, pero tenía una sonrisa estampada en su rostro. Era evidente que había salido de compras con Marcos. Cindy se acercó hacia Esther y la saludó con un beso en una mejilla. «Sí, definitivamente se vio con Marcos hoy», pensó Esther ante la actitud cariñosa de su amiga.

—No puedo creer que no hayas puesto algo debajo a la taza —dijo Cindy, señalando las marcas circulares que se formaban en el escritorio—. Hace unas semanas me regañaste por hacer lo mismo que estás haciendo.

«Hace unas semanas era otra persona», pensó Esther con una sonrisa. Intentó contarle a Cindy sobre la oportunidad que tenía de irse, pero sintió que le fallaba la voz. La sorpresa se había disipado, y ahora la llenaba un sentimiento de emoción que desbordaba de ella y que parecía tomar posesión de su cuerpo. Intentó llamar con sus manos a Cindy en varias oportunidades, pero ella estaba de espaldas, sacando diferentes artículos de vestimentas de las grandes bolsas que había dejado en el sofá. Finalmente, con varios vestidos colgados en un brazo, se volteó para ir hasta su habitación, pero se detuvo al notar a su compañera de cuarto, la cual parecía a punto de estallar.

—¿Qué ocurre, Esther? —dijo Cindy, con una ceja levantada—. Si tienes que ir al baño, te doy permiso.

Esther dio una señal de negación con la cabeza, y apuntó con su dedo índice al mensaje en la pantalla de su computadora. Cindy se acercó, extrañada, y leyó el mensaje en voz alta. A medida que iba avanzando, sus ojos se iban abriendo cada vez más, hasta entender la emoción de su amiga. Al terminar de leer el mensaje, se volteó hacia ella y ambas dejaron escapar un grito por el cual el vecino de tres pisos más arriba las llamaría más tarde para quejarse del ruido.

—Mierda, Esther. ¡Mierda! Es… es una gran oportunidad —dijo Cindy, con una mano pasando sobre su cabello y caminando de un lado a otro de la habitación—. ¡Joder, no sabes lo feliz que estoy por ti!

—¡Lo… lo sé! ¡Parece ser un sueño hecho realidad! —contestó Esther. Se levantó de su asiento y caminó hasta donde estaba Cindy, tomándola de las manos—. Y… ¿estás bien con eso?

—¿Estás bromeando? ¡Claro que estoy bien con eso! Tendré un lugar donde quedarme en París y, si todo sale bien, puedo mudarme al apartamento de Marcos —dijo Cindy, con una sonrisa. Tras unos sonidos incomprensibles de excitación, abrazó a Esther y, junto a ella, empezó a saltar de la emoción—. ¡Tenemos que salir a celebrar esta misma noche!

—¿El Molino Rojo?
—¡El Molino Rojo!

Ambas siguieron saltando, tomadas de la mano ahora. El Molino Rojo era uno de los lugares para festejar más caros de la ciudad, y que sólo permitía la entrada a una clase específica de clientela. Pero claro, las chicas entraban gratis siempre y cuando fueran hermosas. Aunque Esther hubiera repudiado esa clase de lugares por sus estándares sobre la belleza, la posibilidad de irse a París era suficiente para dejar los ideales de lado y dejarse llevar por la música y los tragos, y claro, por hombres finos y con dinero. La nueva Esther se sentía en confianza para poder conseguir a alguien esa noche y, de lo contrario, tenía suficiente confianza para festejar sola. Después de todo, sería su primera y última noche en el mejor antro de la ciudad. ¿Qué podría atreverse a ir en contra de la felicidad que sentía?

12. TOMA DE CONTROL

Para las almas desafortunadas que nunca han entrado en un lugar como lo era El Molino Rojo, este local era lo que uno espera de una película. Las largas colas de gente esperando entrar, los ricachones que se bajaban de autos que los que hacían la cola no podían pagar, y un letrero de neón rojo sobre una fachada de ladrillos que daba un aspecto atípico a la cantidad de gente que esperaba su turno para entrar. Pero por dentro, El Molino Rojo era su propio mundo de máquinas de humo, tragos y luces de colores y chicas fáciles. Cindy y Esther habían entrado sin esperar mucho, gracias a que eran chicas y a que Marcos tenía un contacto dentro. Los tres estaban tomando su tercera ronda de *shots* de la noche sobre una mesa cuadrada de vidrio, y sentados en los asientos más cómodos en los que Esther había tenido el placer de reposar. Esther usaba un vestido negro corto que brillaba bajo las pocas luces del local, con unas medias negras y unos zapatos de tacón fino hechos para matar. Cindy tenía puesto el vestido dorado que Esther había usado en la boda de su prima, y Marcos usaba pantalones negros y una camisa morada un poco abierta, revelando sus pectorales bien definidos. Últimamente, las vestimentas de los tórtolos parecían estar hechas no sólo para atraer las miradas de los demás, sino también de las suyas mismas. Después de todo, eran las primeras semanas de la relación y aún se deseaban con gran intensidad.

La mesa de cristal estaba llena de coletas de cigarrillos

usados, un par de botellas de licores que no se adquirían con facilidad y con nombres difíciles de pronunciar, un par de carteras pequeñas, y varios vasos vacíos de diferentes tamaños y estilos. Si no estaban ebrios ya, lo estarían pronto.

—¡Por Esther Pisiani y su futuro viaje a Paris! —gritó Cindy por octava vez en lo que iba de la noche... o al menos, octava vez desde que Esther se había puesto a contar—. ¡Y por la libertad sexual! Y... no sé, ¡la bebida!
—Brindo... por eso —dijo Marcos, alargando sus palabras y moviendo su vaso bruscamente de un lado a otro—. Y por... Esther, creo.

Esther le contestó a los dos con una sonrisa. No estaba tan tomados como ellos, pero sí lo estaba lo suficiente como para saber que si habría mucho su boca, se empezaría a notar. Tan sólo se limitó a alzar su tercer vaso al aire, y lo hizo chocar con el cuarto vaso de Marcos y el sexto de Cindy. Su amiga soltó una carcajada y empezó a reírse de un chiste que nadie había contado, y como la risa era contagiosa, los otros dos se le unieron.

—¿Sabes? Creo que quiero bailar un rato —dijo Esther, poniéndose de pie de repente.
—Entonces, yo... mierda, sí, ba... ¡bailemos! —Logró decir Cindy a duras penas. Al levantarse, cayó encima de Marcos, quien no se quejó al respecto.
—No estás... en condiciones, querida —dijo Marcos.

—No te preocupes. Soy una chica grande, puedo bailar sola —dijo Esther con una sonrisa, pero su audiencia parecía más interesada el uno en el otro. Cindy y Marcos se habían enlazado en un duelo de lenguas, y era difícil decir quién estaba ganando. Esther tan sólo se encogió de hombros—. Son sólo sus primeras semanas de relación.

Esther dejó a los amantes en las sillas de cuero blanco y decidió bajar al primer piso, donde estaba ubicada la pista de baile. Al bajar las escaleras, los escalones se iluminaban de diferentes colores con cada paso que daba, y no era este efecto el que atraía la mirada de algunos hombres, sino la mujer cuyos pasos iluminaban los paneles del suelo. Al llegar a la pista, se adentró lo más que pudo al centro, donde podía dejarse perder. El DJ había puesto una canción que ella debía de haber escuchado cientos de veces. Al bailar, lo hacía sola, confiada de que otros se unirían alrededor de ella, y así fue. Hombres y mujeres de todas las clases, colores y tamaños parecían atraídos a la energía sexual que brotaba de cada poro de su piel, de cada lágrima de sudor que corría por su cuerpo, se reunían alrededor de ella y se perdían igualmente en una marea de música y tensión que se rompía. Ella pegaba su cuerpo al de los extraños sin temor alguno, disfrutando con todos y sin necesitar de nadie para pasarla bien. Esther no era Marilyn, sino ella misma, y por fin era libre.

Pero en esa multitud y en esa pista en la que ella se había proclamado reina y soberana, le parecía que no estaba del todo bien. Lejos de su reino, pero sin quitarle los ojos de encima, había un extraño que le era muy familiar, un hombre que se abrió paso entre los bailarines de rostros anónimos hasta llegar a una mujer liberada que bailaba con sus ojos cerrados. Y cuando por fin los abrió a causa del sudor que se acumulaba en sus párpados, se ahogó en un grito que no alcanzó a liberar. Frente a ella, Richard estaba de pie, estático, contrario a quienes se movían alrededor de él al ritmo de la música. Parecía… melancólico. Esther se asustó por un momento, recordando que no era capaz de resistirse a él. No sabía qué decir, no sabía qué hacer, no sabía si debía huir de aquel lugar y correr hasta su apartamento, esconderse en sus fantasías y sus historias, volver a una vida recatada en donde podía estar segura de…

No. No podía volver atrás. Nunca más. Ella estaba ahí para divertirse y estaba en control de su felicidad, tanto personal como sexual. Richard tan sólo extendió su mano hacia ella, en una señal que era tan amistosa como peligrosa y Esther la tomó. Ambos se alejaron de la pista de baile, como en un trance del que no podían escapar, realizando una danza que conocían muy bien. Salieron de El Molino Rojo hacia un callejón que estaba en una cuadra frente al local. Pero al llegar a la oscuridad que les era tan familiar, salieron por un momento de aquel letargo en el que estaban sumidos.

Quedaron en silencio, uno frente al otro, apoyados en paredes opuestas del callejón. Sus vestimentas de fiesta eran muy elegantes comparadas con aquel rincón de suciedad. Lo único que podían escuchar era la música de fondo, los ruidos de un gato revisando los botes de basura y una pareja que se les había adelantado, y que al fondo del callejón hacían algo más que comerse a besos.

—Si hubiera sido en el mismo callejón de nuestra primera vez, hubiera sido más especial —dijo Richard al fin, rompiendo el silencio, pero Esther no contestaba, tan sólo mantenía la cabeza abajo como había aprendido a hacerlo frente a Richard. En seguida, borró la sonrisa de su rostro y dio un par de pasos al frente, sin acercarse mucho a ella—. ¿Qué ocurrió, Esther? Pensé que te gustaba este acuerdo de nosotros, pensé que esto era lo que querías.

Esther no contestó, aún mantenía la vista fija en sus zapatos. Richard dio un paso más hacia ella, colocándose a tan sólo un metro de distancia.

—La intriga, el misterioso amante que te hacía explorar cosas que antes no sabías que te podían llegar a gustar, que te obligaba a hacer cosas de las que no sabías que eras capaz de hacer, vivir una aventura de Marilyn que…
—¿Por qué te gusté yo, Richard? —dijo Esther de repente, interrumpiendo su monólogo.

Richard quedó perplejo ante una pregunta que no esperaba. Esther dejó de ver al suelo y colocó sus ojos sobre él con una expresión de determinación que podía ser confundida con enojo. Richard incluso dio un paso hacia atrás, intentando crear una explicación.

—Me gustas porque sé quien eres, Esther. Lo he leído en tus escritos, lo leí durante años sin perderme ninguna entrada de tu blog, e incluso he leído más de una vez tus viejos relatos. Te conocí incluso antes de que me hablaras. Nadie nunca podrá adivinar lo que no quieres que te pregunten, pues siempre has querido a un extraño que sepa cumplir esas fantasías, y yo quiero ser ese extraño.

—No me conoces, Richard, sólo crees hacerlo, y siempre voy a quererte por haber despertado esa parte de mí que no conocía, pero… yo no soy Marilyn, y tú no eres ese extraño. —Esther pasó a tomarse del brazo, como si estuviera dolida por lo que tuvo que decir, respiró hondo y continuó—. Sólo somos Esther y Richard, y hubo un tiempo en que creí que eso era algo malo, o que no era suficiente, pero gracias a ti, aprendí que Esther es mucho más de lo que yo creía.
—¿Y qué hay de mí?

Esther intentó contestar, pero volvía a caer un silencio entre los dos. Richard quedó con los brazos en el aire, esperando una decepción y recibiendo sólo un silencio que hablaba más que mil palabras. Los amantes que estaban al final del callejón habían terminado su noche, se habían arreglado y ahora pasaban por entre Esther y Richard, dejando atrás el sitio donde había tenido lugar una cogida, dejando atrás sólo el extraño sentimiento de que se había acabado el amor.

—Richard, tú eres una buena persona, y eres muy agradable. Es por eso que… es tan difícil —contestó Esther, y enseguida sintió cómo sus ojos se humedecían—. Me sentía mal por terminar con lo que sea que hayamos sido, pero ninguno sería feliz con el otro. Tú amas a Marilyn, y a mí me intrigaba un extraño, pero no somos nuestros álter egos. Somos… somos nosotros.

Richard quedó en silencio por un momento, se volteó un segundo y empezó a caminar en círculos, pasando su mano por su rostro y su cabello. Parecía enojado y triste a la vez, como si estuviera cerca de llorar pero se negaba a hacerlo frente a Esther. Finalmente, quedó frente a la pared, apoyando sus puños en ella y dándole la espalda a ella. Esther tan sólo se acercó a él, y posó una mano de simpatía sobre su hombro.

— No tienes que quedarte, Esther, puedes irte si quieres — dijo Richard, a duras penas, conteniendo la emoción que desbordaba de él—. Tal vez sea mejor que te vayas…

De repente, Esther sintió una fuerza de compasión que la llevó a voltear el cuerpo de Richard con fuerza y a besar ese rostro con aquella expresión atónita. Lo tomó de las mejillas y, al tiempo que se le escapaba una lágrima, dejó que sus labios hablaran sin palabras. Pegó su cuerpo al de él, hacia la pared, y continuó besándolo con pasión. Al principio, Richard quedó inmóvil, aún intentando entender la situación, pero cuando la lujuria pudo más que el razonamiento, se dejó llevar no tanto por un instinto primal, sino por un sentimiento guardado. Tomó la cabeza de Esther con gentileza, mientras que ella lo besaba bruscamente. Ella subió su muslo, abrazando su cuerpo con él y dejando entrever un poco de lo que había bajo tan corto vestido. Richard tuvo que agarrarlo, pero no había sido con fuerza, sino como una caricia apasionada.

Esther se separó de Richard repentinamente. Su mirada ardía en deseo y a la vez mostraba una extraña tristeza en sus ojos que su amante no era capaz de notar. Tan sólo podía ver ante él a una mujer que no era sólo una mujer, era una diosa liberada, una venus moderna que representaba todo lo que él quería, o al menos una parte de ello, ignorando así lo demás, lo que realmente importaba, ignorando a Esther. En ese momento, Richard sólo tenía ojos para Marilyn.

Una vez más, Esther se acercaba a él, pero esta vez lo hacía con un paso lento y seductor, dejando que sus caderas hablaran el lenguaje de la provocación. Al estar a unos centímetros de Richard, acercó sus labios hacia los de él pero no lo beso. Lo observó un segundo, al hombre frente a ella que tenía los ojos cerrados y los labios listos para recibir un beso. Esther dejó escapar una sonrisa coqueta y bajó su cabeza poco a poco. Para cuando Richard empezó a sospechar que no recibiría otro beso y abrió los ojos, ya no había ninguna mujer frente a su rostro, pero sí una de rodillas frente a él. Con gran destreza, Esther había desabotonado sus pantalones y, tomándolos por la cintura con ropa interior y todo, dejó a Richard con su cuerpo medio desnudo. Ante la fuerza que lo rozaba, el miembro de Richard quedó balanceándose en el aire, medio erecto pero rápidamente creciendo. Tan sólo se necesitó el toque sutil de Esther, pasando una mano primero por la cabeza y luego dejando que los testículos reposaran en la palma de su mano. Jugó con ellos un poco y soltó una risa al ver como Richard se retorcía de placer con tan sólo un movimiento sus dedos.

—No puedes resistirte, ¿cierto?

Richard no contestó, sino que asintió con la cabeza. Como era usual, no decía casi nada cuando se avecinaba un orgasmo en el horizonte, como si tuviera una lucha interna para evitar acabar tan pronto. Pero Esther sentía esa noche ganas de quebrarlo rápidamente. Con un pensamiento pícaro en mente que fue transmitido con una sonrisa, Esther sacó su lengua y le dio pequeñas lamidas a la punta del miembro. Richard soltó algunos gruñidos, pero parecía contenerse con los sonidos, como si no quisiera caer en el juego de Esther. Pero por mucho que lo intentara, era imposible para un hombre heterosexual resistirse a una mujer convertida en sexo y pasión. Esther empezó a rodear la punta con su lengua, como abrazándola con el calor de la carne y el frío húmedo de la saliva. Su mano izquierda, que había estado acariciando los genitales sin detenerse, pasó casi imperceptiblemente al grueso del miembro erecto. Poco a poco, empezó a moverlo de arriba a abajo, sin abrirlo mucho, tan sólo tentando. Con sus lamidas, Esther no pasaba de la punta, haciendo que Richard se retorciera en su lucha y perdiera el control, liberando a la bestia dentro de él.

No tardó un minuto hasta que Richard empezó a mostrar cambios que indicaban que no podía controlarse. Lo primero que hizo fue gruñir con menos frecuencia, pero sin necesidad de esconderlo. Pasó sus dos manos por la cabeza de Esther como si la acariciara, pero ella ya estaba preparada para lo que venía. Al sentir como los dedos de Richard se aferraban con fuerza a su cabello, usó su mano derecha para alejarlos de ella. La bestia desaparecía por un momento ante esta negación de placer, y su lugar lo tomaba un hombre confuso que pegaba sus manos a la pared, sin saber qué hacer con ellas.

—Sin manos, Rick —contestó Esther, deteniendo su lengua y mirando hacia arriba, hacia los ojos de su amante, sin detener nunca la mano que lo masturbaba—. Esta vez, yo me encargaré de todo.

Aunque Richard se hubiese negado a recibir todo el placer y no a proveerlo, no estaba en posición para hacer demandas. Una vez aclarado el asunto, Esther atacó con fuerza, su boca arremetió con fuerza al miembro erecto, llegando a sentirlo hasta la garganta, pero esta vez no le producía arcadas ni le era incómodo, pues ella tenía todo el control. Podía relajar los músculos de su garganta y dejar que el pene de Richard se deslizara tranquilamente hasta lo más profundo de ella. No era Richard quien se cogía su boca, sino que era ella quien se cogía su miembro por vía oral. Y en más de una ocasión, en que ella seguía chupando su miembro y probando los límites de su garganta de forma voluntaria, Richard intentó tomarla de los cabellos nuevamente, como si la bestia volviera a aparecer ante tal acción de placer, pero cuando intentaba ser él quien la penetrara, Esther se apartaba y alejaba las manos de su cabello, entonces Richard volvía a ser un hombre confundido y excitado.

Finalmente, no pudo aguantarse. Aquello se sentía muy bien, incluso si él no tenía participación alguna. No podía evitar acabar ante la fuerza de succión que sentía no sólo en su miembro, sino en todo su cuerpo. Sintió como sus testículos se prensaban y un hormigueo familiar dentro de su verga.

—Voy a… voy a… —intentó decir Richard, pero la oración quedó en el aire. No era capaz de producir algún sonido coherente que no fuera de placer, pero no era necesario, Esther entendía muy bien la situación.

Aprovechando que Richard estaba en sus últimas, Esther dejó de usar su boca y tan sólo frotó la cabeza del miembro frente a ella lo más rápido que pudo. Una mano se aferraba a su verga, sin masturbarla, mientras que la otra sólo tocaba la parte rosada. Aquel rápido movimiento hizo que Richard acabara en segundos. Y en ese momento, él descubrió una nueva forma de excitarse que no conocía antes, había descubierto algo de sí mismo gracias a Esther, y ahora se sentía derrotado, con las piernas temblorosas y el orgasmo aún pasando por cada fibra de su ser.

El semen había caído por todo el rostro de Esther, como así lo había querido. Había podido poner su boca fácilmente, pero quería hacer algo que supiera que Richard apreciaría. Con una sonrisa en su boca, pasó sus dedos por las pequeñas lagunas blancas en su rostro, y luego se limpió las manos con la lengua, tragándose todos los fluidos de su extraño. Tras hacer esto, se puso de pie, se arregló el vestido y un poco el cabello, y se dispuso a irse, cuando escuchó unos intentos de producir un sonido de parte de Richard, como si la estuviera llamando.

—Es... espera... —intentaba decir a duras penas—, es... tu turno... tengo que... hacerte acabar...

—No esta vez, Richard —contestó Esther con una sonrisa. Había derrotado a su captor, y si lo hizo retorcerse, no fue ningún sufrimiento, sino puro placer dedicado a terminar con él, con una de las personas más hermosas que había conocido, con alguien que no era capaz de amar. Y con ese pensamiento, desapareció en la oscuridad de la noche, dejando al extraño igual que como él la había dejado en un primer encuentro—. Esta vez, soy yo quien tiene el control.

13. DESTINO

Por fin había llegado el día. Esther había pasado las últimas semanas terminando los últimos encargos que tenía, buscando una nueva compañera de habitación capaz de soportar a Cindy (sin mucho éxito), y despidiéndose de cada uno de los conocidos de los que valía la pena despedirse. Extrañamente, el más difícil había sido su padre. A pesar de los muchos años que habían vivido separados, no físicamente sino como familia, últimamente se habían estado llevando mejor. Su padre había encontrado en ella una hija nueva, y es que Esther se sentía así. Los rencores del pasado se habían disipado con el tiempo, y al momento de despedirse, de darse cuenta que estarían separados por una distancia mayor, había sido como si de repente hubieran sentido todo el tiempo en que habían evitado conversar o reunirse en una misma habitación, y ninguno de los dos fue capaz de aguantar sus lágrimas.

Cindy había sido mucho más fácil, tal vez se debía al hecho de que esperaba recibirla en su nueva residencia francesa en menos de un año. La noche anterior la habían pasado en su apartamento, en una pequeña reunión en la que habían invitado a Marcos, Johnny y Giancarlos. Los cinco la habían pasado fenomenal y, a pesar de que era la despedida de Esther, el momento de la noche se lo llevó la pareja. Marcos le había pedido a Cindy que se mudara con él y ella había aceptado de buena gana. Esther sentía como si hubiera sido necesario su partida para que su amiga entrara en una relación seria. «Después de todo, era yo la mala influencia de sexo y alcohol, la persona que no dejaba que Cindy siguiera con su vida», pensó Esther en ese momento, entre risas. Ésta era la solución perfecta al dilema del nuevo compañero de apartamento.

Esa misma mañana, Esther se había decidido a despedirse formalmente de Cindy en el apartamento. No quería que nadie fuera con ella hasta el aeropuerto porque no soportaba las despedidas dramáticas. Tan sólo despertó a su amiga a las 7:00 de la mañana para un último adiós. A pesar de la resaca, Cindy se puso de pie en seguida, le dio un gran y duradero abrazo, y terminó rompiendo en llanto. Esther le dedicó una triste sonrisa y, a pesar de que se había prometido que no lloraría, no pudo cumplir su promesa. Subió sus dos maletas al maletero del taxi con la ayuda del conductor y desapareció de aquella ciudad para siempre, en dirección al aeropuerto.

En el terminal estaba sentada aquella nueva chica, lista para emprender su nueva vida en un nuevo lugar, leyendo un libro francés sobre el erotismo de la "Belle Époque", intentando cautivar la esencia de la escena. A través del parlante, escuchó que el avión con destino a París ya estaba abordando y enseguida sintió una presión en su pecho, como si no estuviera lista para dar ese gran paso, aunque estaba emocionada por las nuevas aventuras que viviría en la ciudad del amor, las nuevas aventuras que escribiría. Tomó sus maletas y se dirigió hasta la puerta que le correspondía, donde estaba la chica que revisaba los pasaportes. Una vez todo estuvo listo y empezó a cruzar el puente de transbordo, sintió algo extraño en su nuca: una mirada, una mirada de alguien familiar, una mirada de alguien que conocía y que, a la vez, era un completo extraño.

Al voltearse, a lo lejos, sentado en las sillas de espera, estaba Richard. ¿Había venido a despedirse de ella o acaso era algo más? ¿Acaso era un cliché de películas románticas de segunda? ¿Había venido a rogar por su amor, a pedir que se casaran? «No funcionaría, Richard. Espero que no hayas venido a hacer algo así —pensó Esther, sin ser capaz de comunicarle sus palabras por la distancia—. Aún si te amara, ya es muy tarde. Me voy para no volver nunca, pero siempre te estaré agradecida por enseñarme a ser la persona que soy».

Pero entonces, los motivos de aquel extraño se hicieron claros. En sus ojos estaba reflejado un sentimiento de gratitud y sus labios susurraron una sola palabra que ella logró leer:

—Gracias. —Ahora era él quien le agradecía a ella. Tras pensar en ello un momento, Esther entendió su significado, aquella relación que habían mantenido no sólo la había ayudado a descubrir la mujer que era, sino también lo había ayudado a él a descubrir el hombre que es. Le había dado una nueva vida a Richard y no parecía deprimido porque tuvieran que separarse, parecía... liberado. Liberado igual que ella. Ambos se habían necesitado en ese momento de sus vidas y estaban listos para seguir adelante, y ambos podían permitirse ahora ser felices.

Esther asintió con la cabeza, dando a entender que lo había escuchado y que aceptaba sus palabras. Richard le contestó con una sonrisa, se levantó de su asiento y desapareció entre la multitud de pasajeros de diferentes lugares del mundo. Esther se sintió cálida por dentro, y no pudo esconder la sonrisa que llevaba en su rostro hasta que abordó el avión en dirección a una nueva vida.

Fin

PERLA GIZEM

Otros libros:

Puta a los 40+

Luego de pasar 47 años bajo la sombra de un modelo de vida conservador que le obligaba a mantener celibato, y tras comenzar una vida nueva lejos de la presión familiar, Elena Casañas decide que es momento de comenzar a hacer las cosas diferentes. En el camino, se encuentra con nuevas formas de disfrutar de sí misma, forma lazos personales imborrables y descubre todas las cosas buenas que el sexo había estado preparando para ella. Pero, también se da cuenta de los choques personales que puede generar un cambio de paradigma, mientras todavía aprende a lidiar con lo que significa su nueva vida.

Cómo Activar Tu Sensualidad

Era una mujer atareada, apenas tomaba tiempo para disfrutar de las pequeñeces de la vida. Conocí una persona que cambió mi vida, con varios consejos se despertó mi sensualidad.

PERLA GIZEM